L'âme des horizons lointains.

Les murmures de l'éternité

Fabrice VAUCHER

L'âme des horizons lointains.

Les murmures de l'éternité

En application de l'art. L.137-2.-I. du code de la propriété intellectuelle, toute reproduction et/ou divulgation de parties de l'œuvre dépassant le volume prévu par la loi est expressément interdite.

© Fabrice Vaucher 2025

Édition : BoD · Books on Demand, 31 avenue Saint-Rémy, 57600 Forbach, bod@bod.fr
Impression : Libri Plureos GmbH, Friedensallee 273, 22763 Hamburg (Allemagne)

ISBN : 978-2-8106-2928-2
Dépôt légal : Mai 2025

A toi ma bien aimée
Merci pour ce passé,
Merci pour ce présent,
Merci pour ce devenir

Chapitre 1 : Les Reves d'Adrien

Adrien, le charpentier mais également un merveilleux menuisier, vivait dans un petit village niché entre des montagnes aux sommets embrumés et des forêts profondes où régnait un silence ancestral.

Il avait l'apparence d'un homme marqué autant par le travail manuel que par ses pensées profondes.

Sa silhouette était robuste, témoignant des longues heures passées à sculpter et tailler le bois, mais il avait une grâce naturelle dans ses gestes, comme si chaque mouvement était mesuré et empreint de réflexion.

Il était de taille moyenne, avec des épaules larges et des bras musclés, renforcés par des années de travail exigeant.

Malgré sa force apparente, sa posture légèrement penchée donnait l'impression d'un homme souvent absorbé dans ses réflexions.

Son visage était encadré par une mâchoire carrée et recouvert d'une barbe soignée, parsemée de quelques fils argentés qui trahissaient une maturité précoce ou un poids intérieur.

Sa peau, légèrement hâlée, portait les traces du soleil et des intempéries, avec de fines rides sur son front, nées de la concentration et des soucis silencieux.

Ses cheveux, d'un brun sombre, étaient souvent en désordre, légèrement ondulés, et attachés en arrière lorsqu'il travaillait, laissant quelques mèches rebelles encadrer son visage. Ils semblaient toujours porteurs d'une odeur subtile de bois et de résine.

Ses yeux étaient sans doute son trait le plus marquant. D'un gris clair, presque argenté, ils semblaient capturer la lumière et refléter une profondeur insondable. Ils étaient à la fois pleins de douceur et d'une mélancolie persistante, comme s'ils portaient le poids d'histoires qu'il n'avait jamais racontées.

Ses mains larges et puissantes étaient marquées par des cicatrices, des callosités et des traces de sciure qui semblaient presque permanentes. Pourtant, malgré leur apparence rugueuse, elles étaient capables d'une finesse exceptionnelle lorsqu'il sculptait, témoignant de l'harmonie entre sa force physique et sa précision artistique.

Adrien portait des habits simples mais pratiques : une tunique de lin ou de toile, souvent tachée de poussière et de copeaux de bois, et un pantalon de cuir renforcé. Lorsqu'il sortait, il enfilait une cape épaisse, usée mais solide, parfaite pour affronter les vents frais de la vallée.

Le village où il vivait, était une petite enclave pittoresque nichée dans une vallée entre des montagnes imposantes dont les sommets semblaient toujours enveloppés d'un voile de brume.

Ce village semblait hors du temps.

Les toits des maisons, faits de chaume ou de tuiles d'argile, formaient une mosaïque irrégulière, et leurs façades, construites en bois et en pierre locale, reflétaient une architecture simple mais robuste.

Les murs étaient souvent recouverts de mousse, témoignant de l'humidité ambiante et de l'âge de ces bâtisses.

Au centre du village, une place pavée servait de cœur communautaire.

On y trouvait une vieille fontaine en pierre, dont l'eau cristalline coulait sans relâche, ornée de sculptures érodées par le temps.

Des étals de marché y prenaient place certains jours, offrant des produits frais, des herbes médicinales, et les créations des artisans locaux.

De petites ruelles sinueuses s'éparpillaient depuis la place, bordées de jardins foisonnants où poussaient des légumes, des fleurs sauvages et des buissons de baies.

Les habitants, bien que peu nombreux, formaient une communauté chaleureuse, se saluant d'un signe de tête ou d'un sourire sincère lorsqu'ils se croisaient.

La nature semblait toujours à portée de main. Les champs encerclant le village, cultivés avec soin, débordaient de blé doré et d'orge, ondulant doucement sous la brise.

Au-delà des champs, la forêt s'étendait, mystérieuse et dense, comme une frontière entre le monde connu et l'inconnu. Le chant des oiseaux et le murmure de la rivière qui serpentait non loin ajoutaient une sérénité intemporelle à cet endroit.

Le village semblait figé dans un équilibre entre tradition et mystère, entre la routine paisible des jours et les secrets enfouis dans les bois qui l'entouraient.

C'était un lieu où chaque pierre racontait une histoire, et où les ombres dansaient au crépuscule, portant peut-être les échos d'un passé oublié.

Les créations d'Adrien fines et magistrales, ornaient presque chaque foyer du village elles étaient à la fois des œuvres utilitaires et des pièces d'art intemporelles, portant l'empreinte de son génie discret.

Il y avait par exemple, la porte principale de l'auberge l'une des œuvres les plus admirées d'Adrien.

Sculptée dans du chêne massif, elle était ornée de motifs complexes représentant des scènes de chasse et de récolte, célébrant les traditions du village.

Chaque détail semblait vivant : les cerfs dansaient entre les arbres, les épis de blé s'entrelaçant, et un soleil rayonnant dominait la composition.

Les ferrures en fer forgé, qu'il avait lui-même dessinées et dont il avait suivi la création pas à pas chez le ferronnier du village étaient gravées de runes anciennes dont l'origine restait mystérieuse.

Pour une famille du village, Adrien avait sculpté un berceau destiné à leur premier-né.

Fabriqué en bois de noyer, il était décoré de motifs naturels, des feuilles délicates, des oiseaux aux ailes déployées, et des étoiles gravées sur les bords incurvés.

La finesse du travail donnait l'impression que les motifs étaient presque prêts à s'animer.

Ce berceau, sera certainement transmis de génération en génération, il était devenu un trésor familial.

Dans la salle commune de la maison du maire, une table massive, trônait fièrement.

Les pieds de la table étaient sculptés en forme de troncs d'arbres noueux, et les rebords étaient gravés de scènes illustrant les saisons.

Le bois de hêtre utilisé brillait d'un lustre chaleureux, rehaussé par des incrustations d'onyx noir dans certaines gravures.

Cette table était un symbole de rassemblement et de festivités pour tout le village.

Adrien avait également réalisé un pupitre pour l'église, sculpté dans du bois d'if, qui semblait presque respirer une spiritualité propre.

Le socle représentait un arbre aux racines profondes, et le plateau inclinable était orné d'un entrelacs de branches et de feuilles.

Au sommet, une colombe en vol semblait prête à s'envoler, symbolisant la paix et l'inspiration divine.

L'œuvre attirait l'attention des visiteurs, bien qu'Adrien ne soit pas homme à chercher les éloges.

Dans un coin de son atelier, Adrien avait fabriqué un coffre en bois de cèdre, orné de spirales et de motifs géométriques complexes, similaires à ceux qui apparaissaient parfois dans ses rêves.

Ce coffre semblait différent de ses autres œuvres.

Bien qu'il ne soit pas destiné à quelqu'un en particulier et il avait eu beaucoup de proposition d'achat qu'il avait refusé. Il ne savait pas pourquoi mais il ne pouvait pas s'en séparer.

Adrien y mettait un soin particulier, comme si c'était une pièce personnelle ou un objet en attente de trouver son véritable propriétaire.

Une aura énigmatique émanait de cet objet, renforçant les murmures des habitants qui se demandaient si Adrien ne portait pas en lui une inspiration d'un autre monde.

Chaque création d'Adrien racontait une histoire, mêlant habilement beauté, fonction, et un soupçon de mystère.

Pour les villageois, posséder une œuvre d'Adrien, c'était détenir un fragment d'âme, un morceau de l'étrange mais fascinant univers du charpentier.

Mais plus que pour son talent, les habitants le connaissaient pour sa réserve.

Malgré les sourires qu'il offrait poliment, il semblait toujours absorbé par des pensées lointaines, comme s'il portait le poids d'un secret qu'il ne pouvait partager.

Son regard, souvent perdu à l'horizon, portait une ombre que personne n'arrivait à comprendre.

Il vivait seul dans une petite maison située à la lisière du village, là où les champs touchaient le début de la forêt.

Il passait la plupart de ses journées dans son atelier, un espace où résonnaient le bruit des outils et l'odeur persistante de la sciure fraîche.

Bien qu'il se concentrais sur son travail, ses pensées, elles, étaient toujours ailleurs. Ces pensées, ou plutôt ces obsessions, tournaient autour de ses rêves.

Depuis son plus jeune âge, Adrien était hanté par des rêves qu'il n'arrivait pas à expliquer. Contrairement à d'autres enfants, dont les cauchemars étaient éphémères et s'évaporaient au réveil, les siens étaient persistants, intenses et étrangement cohérents.

Il ne s'agissait pas de simples fragments de son imagination, mais de véritables scènes qu'il vivait comme s'il en était acteur.

Dans ces rêves, il se voyait tantôt un poète récitant des vers à une foule sans visage.

Il se trouvait sur une estrade de pierre dans un amphithéâtre immense.

Le lieu semblait hors du temps, ses colonnes marbrées portant des motifs familiers de spirales et de cercles imbriqués.

Il portait une tunique simple, et dans sa main, un rouleau de parchemin.

Face à lui, une foule immense s'étendait, mais il ne pouvait distinguer aucun visage. C'était comme si les gens étaient là, présents dans une vibration invisible.

Pourtant, leurs murmures résonnaient dans l'air, créant une mélodie douce mais oppressante.

Adrien déclamait un poème qu'il ne connaissait pas mais dont les mots sortaient naturellement de sa bouche, comme gravés dans son esprit.

Les vers parlaient d'amour, de perte, et de rédemption, et à chaque strophe, il ressentait une lourdeur croissante dans son cœur.

Au dernier vers, il levait les yeux et voyait la femme aux yeux verts. Seule personne dans cette foule à avoir un visage.

Elle était debout dans la foule, son regard fixé sur lui.

Son visage portait un sourire lumineux, comme si elle l'encourageait.

Mais avant qu'il ne puisse l'approcher, une lumière intense l'aveuglait, et il se réveillait, le cœur battant à tout rompre.

Parfois, il n'était qu'un simple paysan.

Un paysan, labourant un champ aride sous un soleil de plomb.

Le sol craquait sous le poids de ses pas, et chaque coup de sa charrue soulevait une poussière ocre.

Non loin, une petite cabane se dressait, et il savait, sans comprendre comment, que cette maison était la sienne.

Pourtant, il ressentait une profonde tristesse, un vide qui semblait imprégner l'air.

En levant les yeux, il voyait la femme aux yeux verts assise sur une souche d'arbre, observant en silence.

Elle tenait une fleur fanée entre ses doigts, ses traits empreints d'une mélancolie qui faisait écho à la sienne.

Lorsqu'il s'approchait, elle lui montrait la fleur et murmurait quelque chose qu'il ne comprenait pas.

Mais il savait que c'était important, essentiel, bien que le sens lui échappât.

Un des rêves les plus mystérieux d'Adrien le transportait dans une immense bibliothèque.

Les murs disparaissaient dans les hauteurs, et les étagères, pleines de livres aux couvertures usées, s'étendaient à perte de vue.

Adrien se promenait entre les allées, effleurant les livres du bout des doigts.

Chaque fois qu'il en ouvrait un, des images jaillissaient : des visages, des lieux, des événements qu'il n'avait jamais vécus, mais qu'il reconnaissait étrangement.

La femme aux yeux verts était toujours là, parfois assise à une table, écrivant dans un journal, parfois debout sur une échelle, cherchant un livre.

Lorsque leurs regards se croisaient, elle souriait doucement, mais elle ne parlait pas. Une fois, elle lui tendit un livre sans titre. Lorsqu'il l'ouvrit, il vit son propre visage dessiné à l'encre noire, entouré des spirales et des motifs qui hantaient ses créations.

Ces existences semblaient étrangères à sa propre vie, et pourtant, il s'y reconnaissait.

Mais ce n'était pas le plus étrange.

Chaque rêve, quelle que soit l'époque ou le rôle qu'il jouait, était traversé par une constante : Cette femme.

Elle apparaissait toujours, ses traits clairs et ses yeux d'un vert profond.

Ce n'était pas une apparition passagère, elle était au centre de tout.

Parfois, elle le regardait avec un amour tendre, un sourire éclatant éclairant son visage.

D'autres fois, elle semblait désespérée, tendant la main vers lui alors qu'une tragédie inévitable se déroulait.

Adrien n'avait jamais entendu son nom, mais il la connaissait comme s'ils avaient été liés depuis toujours.

Ces rêves, bien que magnifiques dans leur intensité, laissaient Adrien épuisé et troublé au réveil.

Chaque nuit, il se couchait avec une appréhension sourde, se demandant ce qu'il découvrirait à nouveau.

Et chaque matin, il se réveillait avec le même sentiment : une perte inexplicable, comme si une partie essentielle de lui-même lui avait été arrachée pendant son sommeil.

Un jour, après une nuit particulièrement agitée, Adrien s'éveilla brusquement, haletant.

Dans ce rêve Adrien se trouvait au cœur d'une bataille féroce.

Le ciel était lourd, teinté de rouge, et l'air portait l'odeur métallique du sang.

Il était vêtu d'une armure sombre ornée de spirales et de motifs familiers, gravés avec une minutie qui lui rappelait son propre travail.

Une épée massive, encore tachée de sang, était serrée dans sa main tremblante.

Autour de lui, le chaos régnait : des cris, des chocs métalliques, et le tonnerre d'un millier de pas.

Au milieu de ce carnage, il se retournait et voyait la femme aux yeux verts.

Elle portait une robe blanche souillée de boue, et ses yeux luisaient d'une lumière surnaturelle.

Elle tendait la main vers lui, ses lèvres bougeant comme si elle appelait son nom, bien qu'aucun son n'atteigne ses oreilles.

Au moment où il s'approchait d'elle, une lance frappait son flanc.

La douleur était vive, réelle, et il s'effondrait.

Elle courrait vers lui et au moment où elle allait le rejoindre une flèche traversa son champ de vision et l'atteignait.

Il s'effondra.

Alors que ses forces le quittaient, il voyait la femme se pencher sur lui, son visage baigné de larmes.

Elle murmurait un mot, presque inaudible : « Toujours ».

Adrien se réveillait en sueur après ce rêve, la douleur de la blessure fantôme encore vive dans son esprit.

Dans ce rêve, la femme aux yeux verts se tenait agenouillée, ses mains pressées contre une blessure à son flanc. Elle pleurait silencieusement, son visage baigné de larmes.

« Toujours… » avait-elle murmuré, ses lèvres tremblantes.

Ce mot résonnait encore dans son esprit alors qu'il s'asseyait sur son lit, le cœur battant à tout rompre.

Ses draps étaient imbibés de sueur, et ses mains tremblaient légèrement.

Adrien fixa un point dans le vide, cherchant désespérément un sens à ce rêve.

Qui était-elle ?

Pourquoi apparaissait-elle dans chacune de ses visions ?

Il avait le souvenir d'avoir souvent croisée cette femme

Elle possédait une beauté singulière, empreinte d'une élégance naturelle et d'une force discrète.

Elle semblait appartenir autant au monde des vivants qu'à une réalité plus éthérée, comme une personne habitée par un lien profond avec les mystères de la nature et de l'âme humaine.

De stature moyenne, elle était élancée et gracieuse.

Ses mouvements fluides donnaient l'impression qu'elle glissait plutôt qu'elle ne marchait, une impression renforcée par une posture droite et confiante.

Bien qu'elle n'ait pas une musculature marquée, ses gestes précis et assurés révélaient une endurance acquise par des années de soins et de voyages.

Son visage était fin et délicat, avec des pommettes légèrement saillantes qui accentuaient la douceur de ses traits.

Sa peau était claire, presque lumineuse, comme si elle reflétait la lumière ambiante.

Elle portait cependant de discrètes marques d'usure, de fines lignes autour des yeux et des lèvres, témoignant d'un esprit souvent préoccupé et de nuits courtes.

Ses yeux, d'un vert profond aux nuances changeantes, semblaient capturer tout ce qu'ils regardaient. Ils brillaient d'une intelligence vive, mais aussi d'une tristesse difficile à dissimuler. Ils avaient cette capacité rare de donner l'impression qu'elle voyait au-delà des apparences, directement dans l'âme de ceux qu'elle rencontrait.

Ses cheveux longs, d'un noir intense avec des reflets bleu nuit, encadraient son visage comme un voile de mystère.

Souvent laissés libres, ils cascadaient sur ses épaules et dans son dos, mais elle les attachait parfois en une tresse simple lorsqu'elle travaillait, révélant un cou gracieux.

Ses mains étaient fines, avec des doigts longs et délicats, mais portaient les marques de son travail de guérisseuse.

La paume de ses mains était légèrement rugueuse à force de manipuler des plantes, des outils médicaux, et de travailler avec des remèdes. Elles dégageaient pourtant une chaleur apaisante, capable de calmer même les esprits les plus tourmentés.

Elle portait des robes simples et fonctionnelles, souvent dans des tons naturels : vert mousse, brun terre ou beige clair.

Il y avait chez elle une dualité fascinante.

Elle pouvait être à la fois accueillante et distante. Son sourire, rare mais sincère, illuminait son visage, mais il s'accompagnait presque toujours d'une ombre dans son regard.

Cette combinaison d'empathie et de mystère la rendait intrigante et inoubliable pour ceux qui la rencontraient.

Pourquoi ce mot, « Toujours », semblait-il contenir un poids qu'il ne pouvait comprendre ?

Il se leva difficilement, s'aspergea le visage avec de l'eau froide et se regarda dans le petit miroir ébréché accroché au mur.

Ses traits, bien qu'encore jeunes, semblaient marqués par des années d'un fardeau invisible. Ses yeux reflétaient une fatigue qui n'avait rien à voir avec le travail ou le manque de sommeil.

C'était une fatigue de l'âme.

Adrien se força à se remettre au travail.

Dans son atelier, la lumière du matin passait à travers les fenêtres poussiéreuses, éclairant les outils soigneusement rangés et les pièces de bois empilées dans un coin.

Il saisit un ciseau et un maillet et commença à sculpter une poutre destinée à une maison voisine. Le bois, habituellement apaisant, semblait aujourd'hui récalcitrant sous ses mains.

Alors qu'il taillait, ses pensées revenaient inlassablement à ses rêves.

Ses mains, presque instinctivement, commencèrent à tracer des formes qu'il ne reconnaissait pas.

Il s'arrêta et fixa son travail.

Là, gravées dans le bois, se trouvaient des spirales et des cercles imbriqués qui lui semblaient étrangement familiers.

Il posa ses outils et recula, le souffle court.

Ces motifs… il les avait vus avant.

Pas dans ce monde, mais dans ses rêves.

Ils apparaissaient souvent sur des vêtements, des armures ou des murs dans ces visions lointaines.

Comment avaient-ils trouvé leur chemin jusqu'à son atelier, jusqu'à ses mains ?

Ce soir-là, Adrien se rendit au marché, espérant que l'air frais et l'activité du village dissiperaient son trouble.

Alors qu'il traversait la place, il croisa une vieille herboriste.

C'était une femme âgée que tout le monde dans le village connaissait mais que peu osaient approcher, elle était une présence aussi mystique que la forêt elle-même.

Elle portait une aura d'étrangeté qui semblait imprégner son être, renforçant les murmures des habitants à son sujet.

Son visage était fin et marqué par le temps, chaque ride racontant une histoire que seuls les plus braves auraient osé entendre.

Sa peau, d'un teint légèrement grisâtre, semblait presque translucide sous certaines lumières, comme si elle appartenait à une époque révolue.

Ses pommettes hautes accentuaient l'intensité de son regard.

Son âge était indéfinissable.

Ses yeux étaient d'un gris perçant, presque argentés, comme si elle pouvait voir au-delà du visible.

Certains disaient qu'ils brillaient légèrement dans l'obscurité, renforçant les rumeurs sur ses prétendus dons surnaturels.

Ses cheveux, longs et filandreux, étaient d'un blanc éclatant, tombant librement sur ses épaules ou parfois attachés en une tresse faite à la va-vite.

Des mèches semblaient s'emmêler à des brins d'herbes séchées ou de fleurs sauvages, ajoutant à son apparence sauvage.

Ses mains, maigres mais agiles, portaient les stigmates de son travail avec la nature des taches sombres d'herbes écrasées, des griffures de ronces et une force surprenante pour leur apparence frêle.

Elle portait toujours une robe en lin épais, couleur terre, rehaussée de morceaux de tissu vert mousse cousus de manière irrégulière.

Une ceinture de cuir, où pendaient des sachets de toile et des fioles en verre, entourait sa taille.

Sur ses épaules, une cape faite de patchworks de fourrures et de plumes semblait la relier à la forêt qu'elle fréquentait si souvent.

Ses bottes de cuir tannées, usées mais solides, étaient couvertes de boue séchée et de feuilles, témoignant de ses fréquents voyages dans les bois.

Une odeur persistante l'entourait, mélange enivrant de plantes médicinales, de résine de pin et de terre humide.

Cette fragrance était à la fois apaisante et intimidante, rappelant la frontière entre la vie et la mort.

Elle portait toujours une besace en cuir usé, remplie de fioles, de poudres et de racines étranges.

Elle s'appuyait sur un bâton noueux, sculpté avec des motifs similaires à ceux qui apparaissaient dans les rêves d'Adrien.

Ce bâton semblait presque vivant, et les enfants du village disaient que des branches bougeaient parfois imperceptiblement, comme si elles poussaient encore.

L'herboriste parlait rarement, mais chaque mot qu'elle prononçait semblait chargé de sens, comme si elle pesait soigneusement chaque syllabe.

Sa voix rauque, basse et mélodieuse, résonnait comme un écho des bois.

Elle avait une manière de fixer les gens qui les mettait mal à l'aise, non pas par hostilité, mais par une intense curiosité, comme si elle lisait leurs pensées les plus profondes.

Les habitants la respectaient autant qu'ils la craignaient.

Elle était connue pour ses remèdes miraculeux, mais aussi pour ses paroles qui troublaient ceux qui les entendaient.

Certains disaient qu'elle avait déjà prédit des morts, d'autres qu'elle parlait aux esprits de la forêt.

Elle le fixa longuement, ses yeux perçants semblant lire au-delà de son visage.

« Toi, » murmura-t-elle, sa voix rauque.

« Tu portes quelque chose en toi. Un poids ancien. »

Adrien, surpris, s'arrêta. « Que voulez-vous dire ? »

Elle s'approcha lentement, ses pas lourds et sa canne résonnant sur les pavés.

« Les rêves que tu fais. Ces visions qui te hantent... elles ne sont pas des illusions. Ce sont des souvenirs. »

Son sang se glaça.

Comment pouvait-elle savoir ? Il n'en avait jamais parlé à personne.

« Des souvenirs ? » murmura-t-il, son esprit cherchant une explication rationnelle.

Elle hocha lentement la tête.

« Ce que tu cherches, tu ne le trouveras pas ici. Si tu veux comprendre, va dans la forêt. Là où le temps s'efface. »

Adrien ouvrit la bouche pour poser une question, mais la vieille femme se détourna et s'éloigna, disparaissant dans l'obscurité comme une ombre.

Cette nuit-là, Adrien ne trouva pas le sommeil.

Les paroles de l'herboriste tournaient en boucle dans son esprit.

« Là où le temps s'efface. » Que voulait-elle dire ? Et pourquoi ces mots résonnaient-ils en lui comme s'il les avait déjà entendus avant ?

Les récits des anciens du village lui revinrent en mémoire.

On disait que la forêt entourant le village n'était pas ordinaire. Dans ses profondeurs, il y avait des lieux où les lois du temps et de l'espace se mêlaient, où l'ancien et le nouveau se rejoignaient.

Peu osaient s'aventurer dans ces parties mystérieuses des bois. Mais Adrien savait qu'il n'avait pas le choix.

Les rêves, les symboles, et maintenant les paroles de l'herboriste tout semblait converger.

Il devait comprendre.

Au petit matin, il prépara un sac avec de quoi survivre quelques jours, enfila son manteau, et quitta sa maison.

Alors qu'il s'éloignait du village, il se retourna une dernière fois.

Les toits recouverts de chaume brillaient sous la lumière de l'aube, et le chant lointain des coqs résonnait doucement.

« Peut-être que je trouverai enfin des réponses, » murmura-t-il avant de se tourner vers la forêt.

Devant lui, les arbres massifs s'élevaient au loin comme des gardiens anciens.

Le sentier disparaissait bientôt dans l'ombre des feuillages denses.

Adrien inspira profondément, et, d'un pas hésitant mais déterminé, s'aventura dans l'inconnu.

CHAPITRE 2 : L'APPEL DE LA FORET

Lorsqu'il était parti le matin l'air était frais et tranquille, mais une tension pesait sur Adrien alors qu'il s'aventurait hors du village.

Il n'avait parlé à personne de son départ, pas même aux quelques voisins qu'il saluait habituellement. Il ne voulait pas de questions, et il savait que ses réponses ne convaincraient personne.

Que pouvait-il dire ? Qu'il partait dans la forêt sur les conseils d'une herboriste pourchasser des rêves qu'il ne comprenait pas lui-même ? Non, il préférait le silence.

Le sentier qui menait à la forêt était bordé de champs où les paysans travaillaient déjà.

Certains levèrent brièvement les yeux pour le saluer, Les paysans qui travaillaient dans les champs ce matin-là formaient un tableau vivant de simplicité et de labeur. Leurs silhouettes se découpaient sur l'horizon doré des blés et des orges, bercées par la lumière douce du soleil levant.

Chaque mouvement était empreint d'un rythme régulier, presque hypnotique, comme une danse répétée depuis des générations.

Les hommes portaient des chemises en lin grossier, souvent retroussées aux coudes, laissant leurs avant-bras bronzés et musclés par le travail exposés.

Leurs pantalons, faits de tissu épais et usé, étaient tachés de terre et d'herbe. Certains portaient de larges chapeaux de paille, usés par le temps, pour se protéger du soleil qui ne tarderait pas à chauffer.

Tandis que d'autres avaient noué des foulards autour de leur cou ou de leur tête.

Leurs visages, marqués par des rides profondes, étaient ceux de gens habitués à affronter les éléments, mais leurs yeux brillaient d'un mélange de détermination et de résignation.

Quand Adrien passa près d'eux, certains levèrent la tête brièvement.

Un vieil homme, dont le visage était encadré d'une barbe grisonnante et touffue, hocha la tête en guise de salut, mais Adrien ne répondit pas.

Une jeune femme, le dos courbé pour récolter des légumes, jeta un coup d'œil curieux, s'essuyant le front avec le revers de sa main.

Quelques-uns échangèrent des regards interrogateurs, se demandant sans doute ce qui poussait Adrien, habituellement absorbé par son atelier, à marcher vers la forêt à une heure si matinale et sans outils apparents.

Les paysans retournèrent vite à leur ouvrage, habitués à ne pas poser de questions inutiles, mais une atmosphère de curiosité plana brièvement sur les champs, ajoutant une touche de mystère à cette matinée ordinaire.

Adrien les ignora, absorbé dans ses pensées.

À mesure qu'il approchait de la lisière des bois, un sentiment d'appréhension grandissait en lui.

La forêt, si familière à ses abords, devenait rapidement mystérieuse et intimidante dès qu'on s'enfonçait au-delà des premières rangées d'arbres.

Les arbres, immenses et séculaires, formaient une arche naturelle au-dessus du sentier. Leurs branches entrelacées filtraient la lumière du soleil, plongeant l'endroit dans une pénombre douce mais étrange.

Adrien sentit une odeur d'humus et de bois humide, une odeur rassurante mais aussi enveloppante, comme si la forêt elle-même respirait.

Le silence y était différent, plus profond, seulement ponctué par le chant lointain d'un oiseau ou le craquement d'une branche sous ses pas.

Alors qu'il avançait, le sentier devenait moins marqué, les herbes et les racines commençant à l'envahir.

Il passa devant un grand chêne dont le tronc portait des marques profondes, comme des cicatrices anciennes.

Adrien posa la main sur l'écorce rugueuse comme il aimait le faire. Le contacte du bois avait toujours été quelque chose de presque vital pour lui le bois il le ressentait il avait besoin de toucher pour sentir la vie.

Il sentit une chaleur étrange, presque imperceptible. Ce n'était qu'un instant, mais il eut l'impression que cet arbre, massif et solitaire, l'observait.

« Là où le temps s'efface... » murmura-t-il, reprenant les paroles de l'herboriste.

Il inspira profondément et continua à avancer. Le sentier, maintenant presque invisible, semblait s'étirer devant lui comme une invitation ou un piège.

À chaque pas, il sentait le village s'éloigner, non seulement physiquement, mais comme s'il s'effaçait de son esprit.

Il n'était plus Adrien, le charpentier du village. Il était simplement un homme en quête de réponses.

Après plusieurs heures de marche, Adrien remarqua que la forêt autour de lui avait changé.

Les arbres semblaient plus hauts, leurs troncs plus épais, leurs racines plus noueuses, serpentant à travers le sol comme des veines géantes.

La lumière avait pris une teinte dorée, bien que le soleil fût encore caché par le couvert des branches. Une brume légère flottait au ras du sol, mouvante et insaisissable.

Alors qu'il continuait, un son attira son attention.

Ce n'était pas le bruit habituel des bois ni le chant d'un oiseau, ni le craquement d'une branche.

C'était un murmure, à peine audible, comme une voix portée par le vent.

Adrien s'arrêta net, tendant l'oreille. Le murmure semblait l'appeler, mais il ne pouvait discerner les mots.

« Est-ce une hallucination ? » pensa-t-il. Mais au fond de lui, il savait que ce n'était pas le cas. Ce son venait de quelque chose, ou de quelqu'un.

Il suivit le murmure, s'écartant du sentier pour pénétrer dans une partie plus dense de la forêt.

Les branches basses griffèrent ses vêtements, et les racines glissantes manquèrent de le faire tomber à plusieurs reprises.

Mais il avançait, guidé par cette voix lointaine, un mélange d'appréhension et de curiosité l'habitant.

Après ce qui lui sembla une éternité, Adrien émergea enfin dans une clairière.

L'endroit était comme un autre monde.

Elle semblait échapper aux lois du temps et de l'espace, comme une vision tirée d'un rêve ancien.

La lumière qui imprégnait chaque recoin de cet endroit ne venait ni d'un soleil, ni d'une lune.

C'était une lueur douce et diffuse, d'un or liquide qui dansait sur les surfaces, transformant l'air lui-même en une brume chatoyante.

Le sol, jonché d'une herbe étrange et lumineuse, semblait pulser d'une vie propre, comme s'il respirait doucement. Chaque brin d'herbe, chaque pierre semblait habitée par une essence mystérieuse.

Les arbres qui formaient un cercle parfait autour de la clairière étaient d'une hauteur vertigineuse.

Leurs troncs massifs, veinés d'or, paraissaient faits de bois et de lumière, et leurs feuilles d'un vert profond scintillaient comme des émeraudes comme les yeux de cette femme inconnue, lorsque la lumière les effleurait.

Entre leurs branches dansaient des particules lumineuses, comme des lucioles, mais immobiles, figées dans un ballet suspendu.

Le silence de la clairière n'était pas une absence de son, mais une présence enveloppante.

C'était un calme vibrant, comme si les arbres, le sol et même l'air murmuraient une harmonie inaudible mais ressentie.

Ce silence portait un poids sacré, une impression que cet endroit était bien plus qu'un simple lieu, c'était un seuil, une porte vers quelque chose d'inconnu.

Le temple, au centre d'un paysage mystique, s'élevait avec une majesté qui semblait défier le temps.

Ses pierres, usées, oscillaient entre des teintes de gris pâle et de bleu nuit profonde.

Elles portaient des veines dorées qui scintillaient faiblement sous la lumière diffuse, comme si le monument respirait une énergie ancienne.

Les murs, ornés de gravures effacées par les siècles, racontaient des histoires oubliées, des épopées d'un autre âge. Les colonnes, robustes et élancées, semblaient soutenir non seulement le toit du temple mais aussi les mystères de l'univers.

Il s'approcha lentement, ses pas résonnant légèrement sur le sol couvert de pierres éparses.

Chaque gravure semblait raconter une histoire, mais il ne pouvait en comprendre le sens. Il passa une main sur une colonne, sentant sous ses doigts la texture du temps, une rugosité qui portait l'écho des âges.

Les gravures qui ornaient ses surfaces étaient profondément sculptées, leur complexité déconcertante.

Les spirales semblaient se mouvoir sous le regard, les cercles s'entrelaçaient, comme si les symboles racontaient des histoires changeantes selon l'angle ou l'attention.

La mousse, d'un vert éclatant et lumineux, recouvrait partiellement les colonnes, ajoutant une sensation de vie au sein de la ruine.

Alors qu'il avançait vers le centre du temple, il remarqua une silhouette assise en tailleur sur une grande pierre circulaire.

C'était une femme.

Ses longs cheveux sombres tombaient sur ses épaules semblaient absorber et refléter la lumière à la fois.

Elle semblait plongée dans une méditation profonde.

Ses vêtements, fluides, reflétaient la lumière dorée de la clairière.

Son visage était serein, d'une beauté intemporelle, mais il émanait un air de sagesse et de mélancolie.

Elle semblait à la fois humaine et autre, une présence ancienne qui avait vu les âges passer.

Il connaissait cette femme, même si ses souvenirs lui échappaient encore.

C'était comme si tout dans cette clairière, la lumière, les gravures, le silence murmurait un nom qu'il avait oublié, mais qu'il portait au plus profond de son âme.

Adrien s'arrêta, figé.

Même avant qu'elle n'ouvre les yeux, il savait qui elle était.

La femme ouvrit lentement les yeux, et Adrien sentit son cœur s'arrêter.

Ces yeux, ce vert profond, presque surnaturel, il les aurait reconnus entre mille.

C'étaient les mêmes yeux qui le regardaient dans ses rêves, qui lui parlaient silencieusement à travers le temps et l'espace.

Elle le fixa longuement, une lueur de surprise dans son regard. Puis elle sourit doucement, un sourire à la fois triste et apaisé.

« Je savais que tu viendrais, » murmura-t-elle, sa voix douce mais empreinte d'une étrange intensité.

Adrien voulut répondre, mais aucun mot ne franchit ses lèvres.

Il se sentait comme un enfant face à une vérité qu'il ne comprenait pas encore. Finalement, il trouva sa voix.

« Vous… vous m'attendiez ? »

Elle hocha lentement la tête.

« Pas toi, exactement. Mais je savais que quelqu'un viendrait. Quelqu'un qui porte les mêmes marques que moi. »

Adrien fronça les sourcils, ses pensées tourbillonnantes.

« Les mêmes marques ? Que voulez-vous dire ? »

Elle se leva doucement, ses mouvements fluides et gracieux, et s'approcha de lui.

« Les rêves, Adrien. Ceux qui te hantent depuis si longtemps. Ils ne sont pas des illusions. Ils sont des fragments de ce que nous étions. De ce que nous sommes. »

Il recula légèrement, comme submergé par le poids de ses paroles.

« Mais… comment savez-vous tout cela ? Qui êtes-vous ? »

Elle le regarda avec une douceur infinie, mais aussi une profondeur qui semblait contenir des siècles de sagesse et de douleur.

« Je suis Elvira. Et toi, Adrien… tu es lié à moi d'une manière que nous devons encore comprendre. »

Adrien sentit un frisson parcourir son échine.

Il ne savait pas pourquoi, mais son nom sur ses lèvres résonnait différemment. Comme s'il venait d'un autre temps, d'une autre vie.

« Vous me connaissez, » murmura-t-il, presque pour lui-même.

Elvira inclina légèrement la tête.

« Je te connais… et pourtant, je ne te connais pas. Mais toi et moi, nous partageons quelque chose. Un lien que ce temple lui-même semble garder. »

Adrien fixa les gravures autour d'eux.

« Ce lieu… je l'ai vu avant. Dans mes rêves. »

Elvira sourit légèrement.

« Moi aussi. Ce temple est un point de convergence. Il est le gardien de nos vies passées, de nos erreurs, et peut-être de notre salut. »

Ils restèrent silencieux un moment, absorbés par la puissance du lieu.

Adrien, pour la première fois depuis des années, sentit une étincelle d'espoir, mêlée à une appréhension qu'il ne pouvait ignorer.

Il avait trouvé quelque chose, ou peut-être quelqu'un, qui détenait les clés de ses rêves.

Mais il savait aussi que ce n'était que le début.

CHAPITRE 3 : LE TEMPLE ET LA VISION

La lumière dorée qui baignait la clairière semblait danser sur les ruines du temple, renforçant l'impression qu'Adrien et Elvira étaient coupés du monde extérieur.

Ce lieu était une parenthèse dans le tissu du temps, un sanctuaire oublié où passé et présent semblaient se confondre, ils étaient restés silencieux un long moment, assis côte à côte au centre du temple.

Adrien ne savait pas quoi dire. Il était submergé par les émotions : la surprise, la peur, mais aussi une étrange sérénité.

Elvira, elle, observait les gravures sur les pierres, comme si elles portaient un message qu'elle seule pouvait comprendre.

Adrien brisa le silence, sa voix hésitante.

« Vous avez parlé d'un lien entre nous. De quoi s'agit-il exactement ? »

Elvira tourna son regard vers lui, ses yeux d'un vert profond le transperçant.

« Je ne peux pas tout expliquer, » dit-elle doucement.

« Mais je sais que ce lien remonte à des vies que nous avons vécues avant celle-ci.

Ces rêves que tu fais… je les fais aussi. »

Adrien sentit un frisson parcourir son échine. Il avait toujours pensé qu'il était seul dans cette expérience, que ces rêves étaient un fardeau qu'il devait porter en silence.

« Vous rêvez… des mêmes choses que moi ? »

Elvira hocha la tête.

« Pas toujours exactement les mêmes. Mais je t'ai vu, dans mes rêves, dans d'autres époques, d'autres lieux.

Parfois, nous étions proches.

Parfois, nous étions séparés par des murs que nous ne pouvions briser.

Mais une chose est restée constante :

Toi et moi, nous sommes liés. »

Adrien ne répondit pas immédiatement. Il fixa les gravures sur le sol du temple, essayant de donner un sens à ce qu'il venait d'entendre.

« Pourquoi maintenant ? » demanda-t-il enfin.

« Pourquoi nous rencontrer dans cette vie, dans ce lieu ? »

Elvira observa la pierre centrale du temple, son regard empreint d'une gravité qu'il n'avait jamais vue chez personne.

« Je pense que ce lieu détient la clé. Il nous a appelés tous les deux. Peut-être que cette fois, nous avons une chance de comprendre. »

Leur attention se tourna vers la pierre circulaire au centre du temple.

Elle semblait différente des autres éléments de l'architecture en ruines.

Sa surface, lisse et polie, était gravée de symboles complexes des spirales imbriquées, des lignes entrecroisées, des cercles concentriques qui semblaient bouger sous leurs yeux, comme si le temps lui-même pulsait à travers elle.

« Cette pierre… » murmura Adrien, tendant une main hésitante. Il sentit une chaleur douce émaner de sa surface, une énergie subtile mais palpable. « Elle semble vivante. »

Elvira posa une main sur la pierre à son tour, et son souffle se coupa.

« Ce n'est pas une pierre ordinaire. Elle garde quelque chose… des souvenirs, peut-être.

Ou des fragments d'une vérité que nous avons oubliée. »

Les symboles gravés commencèrent à luire faiblement sous leurs paumes, comme si leur présence activait un mécanisme latent.

Une vibration douce parcourut le sol sous leurs pieds, et le murmure du vent sembla s'éteindre, laissant place à un silence absolu.

Adrien et Elvira échangèrent un regard, leurs cœurs battant à l'unisson. Ils savaient, sans se parler, qu'ils étaient sur le point de découvrir quelque chose d'essentiel.

Soudain, une lumière dorée jaillit de l'autel, les enveloppant complètement.

Le monde autour d'eux sembla s'effacer, et ils furent projetés dans un espace infini, dépourvu de forme ou de couleur.

Puis les images commencèrent.

Ils se retrouvèrent sur un champ de bataille, entourés de hurlements et de fracas d'épées.

Adrien, vêtu d'une armure scintillante, était à cheval, menant une charge désespérée contre une armée bien plus grande.

Elvira, habillée comme une guérisseuse, se tenait en retrait, les larmes aux yeux alors qu'elle voyait Adrien tomber de sa monture, blessé à mort.

Elle courut vers lui, mais lorsqu'elle arriva, il était déjà trop tard. La douleur qu'elle ressentit dans cette vision était si intense qu'elle faillit s'effondrer.

La scène se transforma brusquement, balayant la lumière dorée et le silence sacré de la clairière pour les plonger dans l'éclat vibrant d'une cour royale.

Le bruit des conversations, des rires et des pas résonnait entre les hauts murs ornés de tentures pourpres et d'or.

Le sol de marbre poli reflétait le scintillement des immenses lustres suspendus au plafond, ajoutant à l'atmosphère d'opulence.

Adrien, désormais vêtu d'un manteau richement brodé et d'une couronne finement ciselée, se tenait à proximité du trône, droit et imposant.

Sa posture était royale, mais son visage portait une froideur distante, une barrière invisible qui le séparait de ceux qui l'entouraient.

Son regard, dur et inébranlable, balayait la foule sans s'arrêter, comme s'il cherchait à ignorer ce qu'il refusait d'affronter.

Parmi les invités somptueusement vêtus, Elvira semblait déplacée, presque éthérée. Drapée d'habits simples, elle était pourtant lumineuse d'une beauté brute, une fragilité qui attirait les regards.

Ses yeux étaient rivés sur Adrien, remplis d'une tristesse qui semblait trop lourde pour son cœur.

Elle franchit un pas hésitant, puis un autre, jusqu'à tendre une main tremblante vers lui.

Adrien, murmura-t-elle, sa voix à peine audible au milieu du tumulte de la cour.

Mais il ne répondit pas.

Son regard glissa délibérément au-delà d'elle, évitant son appel.

Sa mâchoire se serra légèrement, une tension imperceptible pour quiconque, sauf pour elle.

Puis, il détourna les yeux, fixant un point lointain avec une détermination glaciale.

Le silence qui suivit fut assourdissant pour Elvira.

Elle sentit les regards de la foule peser sur elle, des murmures indistincts mais suffocants.

Pourtant, elle ne bougea pas, son bras tendu restant suspendu un instant de trop avant de retomber mollement à ses côtés.

Ses épaules s'affaissèrent alors qu'elle se retrouvait seule au milieu de cette assemblée fastueuse, une ombre oubliée dans un monde qui ne voulait pas d'elle.

Et pendant qu'elle s'effaçait dans la foule, Adrien demeurait figé près du trône, la douleur cachée derrière son masque d'indifférence. Ce qu'il avait refusé de montrer dans ses yeux brûlait en lui, un feu qu'il ne pouvait éteindre.

La vision se métamorphosa à nouveau, dissipant les fastes oppressants de la cour royale pour révéler la chaleur intime d'une petite chaumière nichée au cœur de la campagne.

Ici, loin du tumulte et des intrigues des grandes villes, le monde semblait s'être ralenti, comme s'il respectait la sérénité fragile de cet endroit.

Les murs, faits de pierres brutes, dégageaient une simplicité apaisante.

Des étagères en bois clair croulaient sous le poids des livres, leurs dos usés témoignant d'années de lectures passionnées.

Une petite fenêtre, encadrée de rideaux cousus main, laissait filtrer un filet de lumière argentée, celle d'une lune qui veillait doucement sur eux.

Au centre de la pièce trônait une table en chêne, son bois patiné par le temps, où reposaient des feuillets épars, une plume, et une bougie dont la flamme vacillante projetait des ombres dansantes sur les murs.

Adrien était assis, penché sur ses écrits.

Son visage, habituellement marqué par une certaine gravité, était adouci par la lumière chaude et l'intensité de sa concentration.

Ses doigts effleuraient la plume avec délicatesse, traçant des mots sur le papier comme on sculpte des émotions.

Chaque phrase semblait chargée d'un élan vital, une poésie née non seulement de son esprit, mais aussi de son cœur. Son regard, brillant et calme, reflétait une paix intérieure qu'il n'avait jamais connue auparavant.

Près de lui, Elvira lisait à voix haute, sa voix douce et mélodieuse remplissant l'espace comme une berceuse.

Elle tenait entre ses mains un de ses poèmes, ses yeux brillant de fierté et de tendresse.

Ses longs cheveux tombaient en vagues soyeuses sur ses épaules, et son sourire, léger mais sincère, illuminait son visage.

Elle savourait chaque mot qu'elle prononçait, comme si les vers d'Adrien contenaient la clé de leur bonheur partagé.

De temps à autre, elle s'interrompait pour le regarder, cherchant dans ses yeux une confirmation, un écho de cette harmonie qui les unissait dans cet instant.

Autour d'eux, tout semblait empreint de vie.

Le crépitement discret du feu dans l'âtre, le parfum boisé des meubles et de la cire de la bougie, la fraîcheur de la brise nocturne qui s'infiltrait par une fente dans la porte tout cela formait un cocon, un refuge où le temps semblait suspendu.

Adrien posa sa plume et se tourna vers elle, un sourire discret étirant ses lèvres.

« Tu crois que ça vaut quelque chose ? » demanda-t-il d'une voix douce, presque timide.

« Ça vaut tout, » répondit-elle, son regard plongé dans le sien.

Dans cette chaumière, il n'y avait ni couronnes, ni trônes, ni gloire. Juste deux âmes, réunies par un amour simple et sincère, loin des attentes du monde extérieur.

Leur bonheur ne tenait pas à des richesses ou des promesses d'éternité, mais à ces petits moments, ces instants où l'on se sent pleinement vivant.

Mais alors qu'ils partageaient ce moment, une lumière étrange commença à envahir la pièce. D'abord discrète, comme un scintillement au bord de leur perception, elle s'intensifia rapidement.

Une lumière vive, aveuglante, surgit, écrasant la douceur de l'instant.

Les ombres familières se dissipèrent, et avec elles, la chaumière elle-même. La plume, les livres, le feu dans l'âtre… tout s'évanouit dans une blancheur éclatante, cruelle dans sa perfection.

Adrien et Elvira furent arrachés à cette tranquillité, leurs mains presque jointes, tendues l'une vers l'autre alors que la lumière effaçait tout.

Leurs regards, empreints de surprise et de douleur, se croisèrent une dernière fois, comme s'ils cherchaient à se retenir dans l'inévitable.

Puis il ne resta rien. Juste cette lumière, immense et silencieuse, enveloppant leur monde d'un éclat dévorant.

Lorsque la lumière se dissipa, Adrien et Elvira se retrouvèrent à genoux sur le sol du temple, leurs cœurs battant à tout rompre.

Les visions avaient disparu, mais leur impact restait gravé en eux.

« Ce ne sont pas des rêves, » murmura Elvira, sa voix tremblante. « Ce sont nos vies. »

Adrien hocha la tête, les yeux fixant le sol. Il sentait encore le poids de l'armure, la douleur de ses blessures, la froideur du trône.

« Nous avons été ensemble, encore et encore. Mais pourquoi ? Pourquoi cela finit-il toujours mal ? »

Elvira posa une main sur son bras.

« Peut-être que c'est pour cela que nous sommes ici. Pour comprendre nos erreurs. »

Ils restèrent silencieux un moment, absorbés par leurs pensées.

Adrien sentit une vague d'émotions monter en lui, la tristesse, le regret, mais aussi une étrange détermination.

Si ces visions étaient réelles, si ces vies appartenaient réellement à leur passé, alors il voulait comprendre. Il voulait savoir pourquoi leur lien, aussi puissant soit-il, avait toujours été brisé.

Elvira brisa finalement le silence. « Cette pierre. Elle n'a pas révélé tout ce qu'elle contient. Il y a encore plus à découvrir. »

Adrien hocha la tête, se redressant lentement.

« Alors nous devons continuer. »

Elvira lui adressa un sourire, empreint d'une certaine gravité.

« Ce que nous découvrirons pourrait être douloureux. Mais si cela peut nous libérer, cela en vaut la peine. »

Ils posèrent à nouveau leurs mains sur l'autel, prêts à affronter les vérités cachées dans les profondeurs de leurs âmes.

Ils savaient que ce temple n'était pas seulement un lieu sacré. C'était une porte, et derrière elle se trouvait le chemin vers leur rédemption.

CHAPITRE 4 : L'APPARITION DU VEILLEUR

La lumière ambrée du jour mourant se mêlait à l'éclat surnaturel qui émanait du temple, créant une atmosphère où le réel et l'irréel s'entrelaçaient.

Les ombres des arbres autour de la clairière semblaient se mouvoir, comme des spectateurs silencieux de cet événement ancien et mystérieux.

Adrien et Elvira, debout près de la pierre centrale, retenaient leur souffle.

Les gravures sur les murs du temple, autrefois ternies par le passage du temps, vibraient maintenant d'une énergie lumineuse.

Spirales, cercles et symboles inconnus scintillaient, pulsant en rythme, comme un battement de cœur colossal, lent mais implacable.

La pierre centrale, jusque-là inerte, semblait-elle aussi se transformer.

Sous leurs yeux écarquillés, des lignes dorées s'étiraient sur sa surface, se rejoignant pour former un motif complexe, semblable à une étoile éclatée ou à une constellation ancienne.

Adrien posa une main instinctivement sur son torse, là où il sentait une chaleur croissante.

Ce n'était pas une douleur, mais une sensation étrange, comme si quelque chose au plus profond de lui-même répondait à l'énergie du temple.

Il tourna son regard vers Elvira et vit qu'elle ressentait la même chose.

Une main portée à sa gorge, elle fixait la lumière avec une expression mêlée de crainte et de fascination.

« Tu sens ça ? » murmura-t-elle, sa voix à peine plus qu'un souffle.

« Oui, » répondit Adrien, le regard rivé sur la pierre.

« C'est comme si quelque chose en nous faisait partie de tout cela. »

Avant qu'il ne puisse développer davantage, un frisson parcourut l'air.

Une onde, subtile mais puissante, ondula dans la clairière, faisant frémir les feuilles et soulevant légèrement leurs vêtements.

Le temps sembla s'arrêter.

Les murmures invisibles de la forêt se turent, et le silence devint total, oppressant mais solennel, comme une salle d'audience avant une proclamation divine.

La lumière qui émanait des gravures atteignit alors son apogée. Elle était vive mais non aveuglante, enveloppant le temple d'une clarté dorée et douce, presque liquide, comme une mer de lumière.

Les symboles sur les murs se mirent à tourner lentement, les cercles gravés s'animant dans un mouvement hypnotique.

Au centre de la pierre centrale, là où les lignes dorées convergeaient, une silhouette se forma lentement.

D'abord floue, presque éthérée, elle gagna en consistance à mesure que la lumière l'alimentait. Ce n'était pas une apparition brutale, mais une émergence gracieuse, comme une fleur s'ouvrant au matin.

La silhouette prit peu à peu la forme d'une femme.

Elle semblait taillée dans la lumière elle-même, son corps translucide parcouru de reflets dorés qui pulsaient doucement.

Ses cheveux ondoyaient comme une cascade lumineuse, et sa robe fluide semblait faite du tissu même du crépuscule.

Son visage, bien qu'indistinct, dégageait une majesté intemporelle, une sagesse qui semblait défier les âges.

Adrien sentit ses genoux fléchir légèrement sous le poids de cette présence.

Ce n'était pas simplement une vision, c'était une force vivante, une entité qui remplissait l'espace de son aura écrasante.

Il tourna un regard furtif vers Elvira, dont le visage était baigné de lumière. Elle semblait figée, une larme roulant sur sa joue sans qu'elle s'en rende compte.

Lorsque la femme de lumière ouvrit les yeux, tout s'arrêta.

Les gravures cessèrent de luire, les arbres se figèrent, le vent retomba comme un souffle expiré.

Dans ce silence parfait, sa voix retentit, douce mais résonnante, comme si elle parlait à travers l'écho des siècles.

« Enfants des lignées anciennes, vous avez répondu à l'appel. »

Adrien déglutit, mais aucun mot ne sortit de sa bouche. Il sentit son cœur battre contre sa poitrine, non pas de peur, mais d'une étrange reconnaissance.

« Pourquoi sommes-nous ici ? » murmura Elvira, sa voix brisée mais remplie d'un courage qu'elle semblait puiser dans la présence de cette femme.

La silhouette inclina légèrement la tête, un geste empreint de gravité et de douceur.

« Parce que vous portez en vous les fragments d'une promesse oubliée.

Ce lieu n'est pas seulement un temple ; il est une clé, un passage vers ce qui fut, et ce qui sera. »

Ses mains, diaphanes et gracieuses, s'élevèrent lentement. À leur mouvement, une petite sphère de lumière apparut au-dessus de la pierre centrale, flottant entre Adrien et Elvira.

Elle pulsait, changeant de teinte, passant de l'or à l'argent, puis à une lumière irisée qui semblait contenir toutes les couleurs de l'univers.

« Ce que vous cherchez, ce que vous avez toujours cherché, se trouve ici. »

« Mais chaque réponse à un prix. Êtes-vous prêts à l'accepter »

Adrien échangea un regard avec Elvira. Dans leurs yeux brillait la même peur, mais aussi une résolution partagée.

Ils n'avaient pas toutes les réponses, mais ils savaient que ce moment, cet instant, était ce pour quoi leurs vies, leurs rêves, et leurs douleurs les avaient préparés.

« Nous sommes prêts, » dit Adrien, d'une voix tremblante mais assurée.

La femme de lumière sourit doucement. Alors, la sphère s'ouvrit comme un lotus, libérant un éclat si intense qu'il sembla engloutir le monde entier.

« Vous êtes arrivés jusqu'ici. »

Adrien déglutit, cherchant ses mots. « Qui êtes-vous ? »

La silhouette inclina légèrement la tête, comme si elle souriait sans visage.

« Je suis un Veilleur. Une gardienne des cycles de l'âme. »

Elvira fronça les sourcils, intriguée.

« Les cycles de l'âme ? Qu'est-ce que cela signifie ? »

Le Veilleur leva une main translucide, et des images commencèrent à apparaître dans la lumière autour de lui : des spirales infinies, des âmes voyageant à travers des vies successives, des fragments d'histoires entrelacées.

« Depuis l'aube des temps, les âmes voyagent à travers les cycles. Elles naissent, vivent, meurent, et renaissent, portant en elles les leçons et les blessures de leurs vies passées. »

« Vous deux, Adrien et Elvira, êtes des fragments d'une même âme, réunis et séparés à travers les âges. »

Adrien sentit son souffle se couper. Les rêves, les visions, tout semblait soudain trouver un sens.

« Une même âme ? » murmura-t-il.

Le Veilleur hocha lentement la tête.

« Oui. Vous avez été liés depuis votre première incarnation, mais chaque fois que vous vous êtes retrouvés, vous avez échoué à surmonter vos propres ombres.

Peur, colère, orgueil, et doute, ces ombres ont entravé votre union à travers chaque vie. »

Elvira baissa les yeux, se remémorant les visions qu'ils avaient partagées.

« Et maintenant ? Pourquoi sommes-nous ici, dans cette vie ? »

Le Veilleur sembla briller plus intensément.

« Parce que cette vie vous offre une chance unique. Vous avez été guidés jusqu'ici pour comprendre, pour affronter vos ombres et peut-être, pour briser le cycle. »

Adrien serra les poings, une vague de frustration montant en lui.

« Et si nous échouons encore ? Si nous sommes condamnés à répéter les mêmes erreurs ? »

Le Veilleur tourna son regard luminescent vers lui, sa voix se faisant plus douce.

« L'échec fait partie du voyage. »

« Chaque vie, chaque épreuve, même celles que vous percevez comme des erreurs, vous rapproche de la vérité. »

« Mais cette fois, vous avez une opportunité rare : celle de voir vos ombres et de les affronter. »

Elvira leva les yeux vers la silhouette.

« Et si nous réussissons ? Que se passe-t-il alors ? »

Le Veilleur sembla s'élever légèrement, son aura devenant presque aveuglante.

« Si vous réussissez, vous aurez le choix :

Vivre une vie humaine ensemble, libres de vos chaînes, ou transcender les cycles pour devenir des guides pour d'autres âmes. »

Ces paroles laissèrent Adrien et Elvira silencieux, leurs esprits luttant pour assimiler ce qu'ils venaient d'entendre.

Ce n'était pas simplement une quête pour eux-mêmes, mais pour quelque chose de plus grand, de plus profond.

La lumière dorée du Veilleur continuait de décroître, sa lueur vacillante illuminant une dernière fois les gravures du temple.

Les murs semblaient vibrer sous l'intensité des paroles qu'il prononçait, comme si chaque mot gravé dans l'air devenait une partie intégrante de la pierre et du sol.

Sa voix, bien qu'adoucie, résonnait encore avec une autorité solennelle, portant le poids des âges et des vérités oubliées.

« Vous êtes à l'aube d'une épreuve, » dit-il, ses traits diaphanes se fondant peu à peu dans l'éclat vacillant de sa propre lumière.

« Vos âmes, entremêlées à travers le temps, doivent maintenant trouver l'harmonie. Vous devrez revivre vos vies passées, affronter vos erreurs, vos peurs et vos colères.

Chaque souvenir portera une leçon, chaque douleur un écho de ce que vous avez fui.

Mais souvenez-vous, ce n'est pas la souffrance qui libère, mais la compréhension. Vous devrez les accepter, et les transformer en lumière. »

Sa forme devint plus diffuse, presque éthérée, tandis que sa voix faiblissait, portant un dernier avertissement :

« Si vous échouez, vous reviendrez encore et encore, liés par ce cycle jusqu'à ce que vous trouviez votre vérité. »

Dans un ultime éclat, le Veilleur disparut, sa lumière se dissipant comme une brume dorée emportée par une brise invisible.

Le temple retrouva son obscurité originelle, baigné seulement par la lueur froide de la lune qui filtrait à travers les arbres.

La clairière, qui semblait autrefois emplie de mystère, était désormais imprégnée d'un poids différent, un sentiment de responsabilité qui semblait s'accrocher à chaque souffle.

Elvira tourna lentement son regard vers Adrien, ses yeux brillants d'une émotion complexe, un mélange de peur, d'espoir et de résolution.

Ses doigts effleurèrent la pierre centrale où le Veilleur s'était manifesté, comme si elle cherchait à capter un dernier fragment de sa présence.

« Nous savons ce que nous devons faire, » murmura-t-elle, sa voix basse mais ferme.

Elle détourna son regard vers Adrien, cherchant une réponse dans ses yeux.

« Mais… es-tu prêt ? »

Adrien resta silencieux un instant, le regard perdu sur les gravures lumineuses qui avaient recommencé à s'estomper.

Dans sa poitrine, il sentait une tension étrange, comme si les mots du Veilleur avaient réveillé quelque chose de profondément enfoui.

Il inspira profondément, ses épaules se redressant sous le poids invisible de cette épreuve à venir.

« Je ne sais pas si je le suis, » avoua-t-il, sa voix chargée d'honnêteté.

« Mais je sais que je dois essayer. Que nous devons essayer. »

Il tendit une main vers Elvira, et lorsqu'elle y glissa la sienne, une chaleur inattendue les enveloppa.

Le contact était à la fois simple et immense, une promesse silencieuse. Peu importe ce qui les attendait dans ce voyage à travers les âges et les souvenirs, ils savaient qu'ils ne seraient pas seuls.

Ils restèrent ainsi un moment, unissant leurs forces dans le silence de la clairière.

Autour d'eux, la forêt semblait les observer, comme un témoin silencieux de leur engagement. Même la brise avait cessé, laissant place à un calme étrange, presque solennel, comme si le monde retenait son souffle.

Elvira parla à nouveau, cette fois avec une douceur teintée de tristesse :

« Les souvenirs ne seront pas faciles. Je le sais. Revivre nos erreurs, nos peurs… tout cela pourrait nous briser. »

Adrien hocha la tête.

« Peut-être que c'est justement cela, la clé, » répondit-il.

« Être brisé… et se reconstruire. Pas seuls, mais ensemble. »

Ils s'allongèrent leurs mains toujours jointes et s'endormirent pour une nuit sans rêve.

Chapitre 5 : Les Ombres du Passe

Adrien ouvrit les yeux le premier, ébloui par les rayons dorés filtrant à travers le feuillage dense.

Une brume légère flottait au sol, donnant à la clairière une allure presque irréelle. Pendant un instant, il resta immobile, sentant la chaleur rassurante de la main d'Elvira toujours dans la sienne.

Elle bougea légèrement, et ses paupières papillonnèrent avant de s'ouvrir lentement. Ses yeux verts, encore embrumés par le sommeil, rencontrèrent ceux d'Adrien, et un sourire furtif adoucit ses traits.

« Déjà matin ? » murmura-t-elle, sa voix encore alourdie par le sommeil.

Adrien hocha la tête, hésitant à rompre la tranquillité de l'instant. Mais quelque chose dans l'air semblait les appeler.

Ce n'était pas seulement le bruissement des feuilles ou le chant lointain des oiseaux matinaux, c'était cette vibration presque imperceptible, ce léger frémissement sous leurs pieds.

Ils se redressèrent doucement, se tenant toujours par la main, comme pour ancrer l'un l'autre face à ce qu'ils pressentaient.

En regardant la pierre centrale, ils constatèrent que les gravures avaient changé. Les symboles, jusque-là faibles et à peine visibles, pulsaient maintenant d'une lumière dorée, comme si l'énergie de la clairière elle-même s'éveillait.

Elvira s'approcha, attirée malgré elle. Ses doigts effleurèrent la surface froide et lisse de la pierre, et une onde légère traversa son bras, la faisant frissonner.

« C'est comme si elle vivait », murmura-t-elle, le regard rivé aux motifs scintillants.

Adrien s'approcha à son tour, posant une main sur son épaule. « Peut-être qu'elle nous attendait. »

Un silence étrange suivit, à la fois lourd et plein de promesses.

Les bruissements des arbres semblaient s'amplifier, presque comme une voix collective qui murmurait à leurs oreilles. Puis, un grondement sourd émergea de la terre sous leurs pieds, les forçant à reculer.

La lumière des symboles s'intensifia, inondant la clairière d'un éclat aveuglant. Lorsqu'ils purent enfin rouvrir les yeux, le calme était revenu, mais tout semblait différent.

La clairière semblait plus vaste, les arbres plus anciens, et l'air lui-même chargé d'une énergie étrange.

« Je crois que nous avons réveillé quelque chose », souffla Elvira.

Son ton n'était ni inquiet ni paniqué, mais empreint d'une gravité nouvelle.

Adrien serra sa main, son regard fixant les gravures éteintes, comme si elles venaient de leur chuchoter un secret.

Leur voyage venait de commencer, et déjà, les ombres du passé s'étiraient autour d'eux, prêtes à révéler leurs mystères.

« Le Veilleur a dit que ce temple gardait nos souvenirs, nos vies passées, » répondit-elle d'une voix calme mais ferme.

« Peut-être que cette pierre agit comme un miroir. Elle ne reflète pas simplement ce que nous avons été, mais ce que nous avons évité de voir. »

Adrien détourna un instant les yeux, fixant les gravures qui serpentaient sur la surface de la pierre, formant des motifs énigmatiques et hypnotiques.

Il inspira profondément, luttant pour calmer les battements frénétiques de son cœur.

« Et si ce que nous voyons est trop douloureux ? » demanda-t-il, sa voix à peine audible.

Elvira pencha légèrement la tête, son regard croisant le sien avec une intensité douce mais déterminée.

Elle tendit la main et posa ses doigts sur les siens, offrant une chaleur réconfortante.

« Nous avons déjà porté cette douleur à travers nos vies, Adrien, » dit-elle.

« Sans la comprendre, sans la libérer. »

« Il est temps de l'affronter. Ensemble. »

Le mot *ensemble* flotta dans l'air, apportant avec lui une étrange sensation de réconfort. Malgré la peur qu'ils ressentaient tous les deux, ils comprirent qu'ils ne marchaient pas seuls sur ce chemin.

La lumière émise par les gravures s'intensifia, illuminant leurs visages et projetant des ombres dansantes sur les murs du temple en ruines.

Un bourdonnement grave monta de la pierre, une mélodie sans mots, mais porteuse d'une signification profonde.

Adrien ferma les yeux, sentant la vibration se propager jusque dans sa poitrine. C'était comme si la pierre fouillait dans son âme, atteignant les recoins les plus cachés de son être.

Des images fugaces commencèrent à se former derrière ses paupières closes, des visages oubliés, des lieux qu'il ne reconnaissait pas mais qui lui semblaient étrangement familiers.

Elvira, à ses côtés, sentit la même force s'introduire en elle.

Une chaleur douce mais inexorable semblait l'envelopper, comme une main invisible l'invitant à lâcher prise.

Elle entendit des échos lointains, des rires et des pleurs, des voix perdues dans le courant du temps.

Puis, le monde autour d'eux commença à se dissoudre.

Le sol sous leurs pieds sembla disparaître, remplacé par une surface intangible, comme s'ils flottaient dans une mer de lumière liquide.

Le temple, les arbres, la clairière… tout cela s'effaça, remplacé par un espace infini baigné d'une lumière changeante, tour à tour dorée, argentée, puis irisée.

Adrien ouvrit les yeux et vit Elvira, toujours à ses côtés, bien qu'ils se trouvassent désormais dans un autre lieu, une autre réalité.

Autour d'eux flottaient des fragments d'images, comme des éclats de souvenirs captifs dans des bulles de lumière.

« Est-ce… ? » commença-t-il, mais sa voix sembla se perdre dans l'immensité du lieu.

Elvira hocha la tête, le regard fixé sur une de ces bulles.

À l'intérieur, elle vit une scène qui lui fit monter les larmes aux yeux, une version plus jeune d'elle-même, pleurant seule dans une pièce sombre, le visage tourné vers une fenêtre où la pluie battait.

« Ce sont nos vies, » murmura-t-elle, une main tremblante tendue vers la scène.

Adrien suivit son regard, et bientôt, une autre bulle attira son attention.

Elle montrait un homme, lui-même, dans une autre vie, assis sur un trône, le regard froid et distant, repoussant une femme vêtue de haillons.

La douleur de ce moment, qu'il avait vu brièvement dans les visions offertes par le Veilleur, lui revint avec une intensité insupportable.

« Nous devons les revisiter, » dit Elvira d'une voix basse, presque inaudible.

« Revivre ces instants, comprendre pourquoi nous avons échoué, pourquoi nous avons souffert. »

Adrien serra les dents, mais il hocha la tête.

« Ensemble, » répéta-t-il, tendant une main vers Elvira.

La clairière disparut, engloutie par une obscurité dense et insondable.

Pourtant, ce n'était pas une obscurité oppressante ou suffocante. Elle semblait vivante, vibrante, comme si elle respirait doucement.

Des murmures indistincts y flottaient, semblables à des secrets échappés de l'oubli, chuchotant des vérités à peine audibles.

Adrien sentit son cœur s'accélérer, à la fois fasciné et inquiet.

Cette obscurité n'était pas un simple vide ; elle était une toile, et quelque chose, ou quelqu'un, commençait à y peindre une tapisserie de lumière.

Des filaments d'éclat naquirent, hésitants.

D'abord une lueur vacillante, puis des images se formèrent, fragmentées comme des éclats de verre brisé.

Enfin, les souvenirs se recomposèrent, vibrants, plus réels que jamais.

Le premier souvenir les happa avec une intensité brutale.

Adrien et Elvira flottaient, spectateurs impuissants, au-dessus d'un champ de bataille ravagé par le chaos. Le grondement des armées s'élevait comme un tonnerre ininterrompu.

Des chevaux hennissaient de douleur, des hommes criaient, et le fracas des épées contre les boucliers était une symphonie effroyable.

Adrien se vit, debout au centre de ce carnage. Son armure brillait sous la lumière du soleil, bien qu'elle fût lourde et cabossée par des heures de combat.

Une bannière en lambeaux flottait derrière lui, battue par un vent chargé de cendres. Il conduisait une charge désespérée contre une armée deux fois plus nombreuse, son épée levée haut, ses cris d'encouragement couverts par le tumulte des combats.

Mais malgré la bravoure qu'il affichait, il se souvenait de ce qu'il ressentait à cet instant : une peur profonde, presque paralysante, entremêlée à un courage né de la nécessité.

Les détails de ce moment s'ancrèrent en lui avec une précision terrifiante. La sueur qui dégoulinait sur son front.

L'odeur âcre du sang et de la terre piétinée. La chaleur suffocante sous l'armure.

Et puis, la douleur fulgurante : une lance venue de nulle part transperça son flanc. Le métal froid entra dans sa chair, et il sentit son souffle s'éteindre alors qu'il allait s'effondrer au sol.

Dans cet instant suspendu entre la vie et la mort, Adrien tourna la tête. À travers le tumulte, il la vit : Elvira.

Elle courait vers lui, ses vêtements de guérisseuse d'un blanc immaculé tachés de boue et de sang. Ses yeux étaient fixés sur lui avec une intensité déchirante, et ses lèvres murmuraient son nom.

Mais elle n'arriva pas à temps. Une flèche l'atteignit en pleine poitrine et lentement comme au ralenti il s'effondrait au sol.

Le souvenir s'intensifia, s'amplifiant pour envelopper Adrien tout entier.

La douleur physique de ses blessures n'était rien comparée à l'émotion qui le submergea.

Le regret.

Un regret si profond qu'il semblait brûler son âme.

Il avait choisi cette bataille, ce destin. Il avait choisi le devoir plutôt que l'amour. Et maintenant, il en payait le prix.

Les images vacillèrent, comme si la tapisserie de souvenirs hésitait à en dévoiler davantage.

Une voix émergea alors de l'obscurité, douce mais implacable, chaque mot résonnant comme une vérité irréfutable.

« Tu as choisi le devoir plutôt que l'amour. »

Adrien tressaillit.

Cette voix n'appartenait ni à Elvira ni au Veilleur, cette entité mystérieuse qui les avait guidés jusque-là.

Elle semblait provenir de l'obscurité elle-même, comme si les ombres portaient en elles l'écho de son propre esprit.

« Tu savais ce que tu perdrais, et pourtant, tu as avancé. Pourquoi ? Pourquoi as-tu tourné le dos à ce qui te faisait vivre ? »

L'accusation était cinglante. Adrien tenta de répondre, mais sa gorge semblait scellée.

Était-ce vraiment sa propre voix, ou celle d'un jugement extérieur, implacable et cruel ?

« Je pensais que je n'avais pas le choix, » murmura-t-il enfin.

Mais la voix répliqua aussitôt, implacable :

« Il y a toujours un choix. Chaque pas, chaque décision, chaque sacrifice est un choix. »

« Tu as choisi l'honneur, la gloire, une cause perdue et tu l'as payée de ta vie. »

« Mais elle ? Elle t'a payé de son amour, et tu l'as abandonnée. »

Adrien sentit un poids invisible s'abattre sur lui. L'obscurité autour de lui changea. Elle se resserra, devenant presque tangible, une étreinte oppressante qui lui faisait revivre chaque instant de ses erreurs.

Puis, une autre scène apparut. Elvira, agenouillée près de son corps sans vie sur le champ de bataille, le visage ravagé par la douleur.

Ses mains tremblaient alors qu'elle tentait de refermer sa blessure, même après que son dernier souffle se fut échappé.

« Tu ne peux pas changer ce qui a été fait, » reprit la voix.

« Mais le regret est une flamme : elle peut te consumer, ou elle peut te guider. »

Les murmures dans l'obscurité devinrent plus forts, une cacophonie presque insupportable.

Adrien sentit son esprit vaciller sous le poids de tant de souvenirs, mais au fond de lui, une étincelle commença à briller.

« Je veux réparer, si je peux. »

Pour la première fois, l'obscurité sembla reculer légèrement, laissant entrevoir une lueur.

« Tu dois comprendre que ce n'est pas ton échec au combat ou ta mort qui pèsent sur ton âme.

Ce n'est pas la lance qui t'a transpercé qui t'a brisé. Ce sont les choix que tu n'as pas faits, les mots que tu n'as pas dits, les gestes que tu as retenus.

Le devoir que tu as poursuivi était noble, mais il n'était pas toi.

Tu as suivi une route dictée par la peur de décevoir, par un idéal imposé.

Mais le véritable courage, Adrien, ce n'est pas de brandir une épée face à une armée.

C'est de choisir une vie où ton cœur guide tes pas. »

Ses paroles s'infiltrèrent en Adrien comme une vague douce mais irrésistible, dissipant peu à peu les murmures discordants qui emplissaient son esprit.

« Tout ce que tu as fait, tout ce que tu as souffert, n'a pas à définir ce que tu es.

Mais pour avancer, pour retrouver ton chemin, tu dois d'abord pardonner, à toi-même, et à cette version de toi qui croyait bien faire. »

Adrien sentit un poids se soulever de son cœur, une clarté s'installer là où régnaient auparavant doute et regret.

L'obscurité s'éclaircit légèrement, et les souvenirs commencèrent à s'estomper, laissant place à un espace nouveau, un espace où quelque chose de différent pouvait être construit.

La vision changea brusquement, comme si un voile avait été arraché pour révéler une nouvelle vérité.

Le tumulte du champ de bataille disparut, remplacé par le calme trompeur d'un petit village au crépuscule. L'air était lourd, chargé d'électricité, et une tension presque palpable régnait dans les rues étroites.

Elvira était là, debout au centre d'une place poussiéreuse, encerclée par une foule en colère.

Des torches illuminaient les visages déformés par la haine et la peur. Les accusations fusaient de toutes parts :

« Sorcière ! Elle manipule les forces obscures ! Elle a maudit nos récoltes ! »

Les voix criaient plus fort, une cacophonie où se mêlaient superstition et désespoir.

Elvira, vêtue de sa simple robe de guérisseuse, semblait si frêle face à cette marée humaine.

Pourtant, ses yeux brillaient de détermination, même si sa voix tremblait lorsqu'elle essaya de se défendre.

« Je ne suis pas une sorcière ! Je n'ai jamais fait de mal à personne ! »

Mais ses paroles se perdaient dans le tumulte.

Ses gestes, pourtant empreints de douceur et de soin, étaient maintenant perçus comme des preuves de malédiction.

Au loin, Adrien se tenait dans l'ombre, un simple guerrier blessé lors d'une autre guerre, d'un autre combat sanglant où il avait été envoyé bien malgré lui.

Elvira l'avait sauvé quelques semaines auparavant.

Il portait encore des bandages qu'elle avait appliqués elle-même, ses mains expertes transformant le chaos de sa blessure en un miracle de guérison.

Quand elle chercha un regard, un espoir brûlant dans les yeux de cette foule, elle le trouva.

Mais ce qu'elle vit, brisa quelque chose en elle. Adrien détourna les yeux.

Il baissa la tête, incapable de soutenir son regard.

Il aurait pu parler.

Une seule phrase aurait suffi :

« Elle m'a sauvé ! Elle est innocente ! »

Mais il resta silencieux, paralysé par sa propre peur. Peur d'attirer la colère de la foule sur lui, peur d'être accusé lui-même d'avoir pactisé avec ce qu'ils considéraient comme des forces interdites.

Elvira sentit une vague de colère l'envahir en revivant cette scène. Mais ce n'était pas seulement la colère d'avoir été abandonnée. C'était une colère dirigée contre elle-même.

Elle avait espéré que quelqu'un viendrait à son secours, qu'Adrien, ce guerrier qu'elle avait soigné et peut-être aimé en secret, trouverait en lui la force de parler. Mais au fond, elle savait que c'était une illusion.

Elle avait toujours cru qu'aider les autres suffirait à gagner leur loyauté, à transformer leur peur en gratitude. Elle s'était trompée.

Les murmures de la foule s'amplifièrent dans son esprit, mêlés à ses propres pensées.

« Tu m'as laissée seule, » murmura-t-elle, les larmes aux yeux.

Sa voix n'était qu'un souffle, mais elle portait le poids de tout ce qu'elle n'avait jamais osé dire.

Adrien voulut répondre, mais il n'en fit rien, ne trouvant pas les mots.

Elvira réalisa qu'elle avait trop souvent attendu que d'autres, comme Adrien, viennent à son secours.

Elle comprit qu'elle ne pouvait pas dépendre des autres pour affirmer sa valeur ou pour se protéger face aux injustices.

La véritable force résidait dans sa capacité à se lever par elle-même, même lorsqu'elle était seule.

Elle prit conscience qu'elle avait placé des attentes irréalistes sur Adrien, espérant qu'il comblerait un vide qu'elle devait affronter elle-même.

Cette prise de conscience lui permit de comprendre que blâmer les autres n'est pas une solution et que sa colère devait se transformer en apprentissage.

Elle découvrit que même en faisant tout son possible pour aider les autres, leurs peurs et leurs préjugés pouvaient déformer ses intentions.

Elle devait apprendre à se détacher de ce besoin constant de validation extérieure et comprendre que ses actes n'ont pas besoin d'être reconnus pour avoir de la valeur.

De son côté Adrien réalisa que son silence et son inaction lors de moments cruciaux avaient entraîné des conséquences graves, non seulement pour Elvira, mais aussi pour lui-même.

Il comprit que rester spectateur par peur des représailles équivaut à trahir ses propres valeurs et les personnes qui comptent sur lui.

Il apprit que chaque décision, même celle de ne rien faire, a un poids moral.

Le fait de détourner les yeux pour éviter un conflit immédiat pouvait créer des blessures plus profondes à long terme.

Adrien comprit qu'il n'avait pas seulement trahi Elvira par son silence, mais qu'il s'était aussi trahi lui-même.

Cette prise de conscience lui ouvrit la voie vers un changement :

Devenir un homme capable d'agir selon ses convictions, même dans l'adversité.

Elvira et Adrien comprirent qu'attendre que l'autre agisse ou prennent des décisions à leur place ne mène qu'à la déception et au regret.

Ils devaient assumer leurs propres rôles dans les événements de leur vie et accepter les conséquences de leurs choix.

Plutôt que de rester prisonniers de leurs regrets et de leurs colères, ils devaient comprendre que leurs échecs sont des opportunités de grandir.

Ils ne pouvaient changer le passé, mais ils pouvaient faire de ces erreurs un fondement pour devenir plus forts et plus sages.

Pour avancer, ils devaient non seulement se pardonner l'un l'autre, mais aussi se pardonner à eux-mêmes.

Ce pardon était la clé pour se libérer du poids du passé et construire un avenir plus aligné avec leurs valeurs.

A nouveau le monde autour d'Adrien et Elvira s'était transformé en un véritable chaos.

Le rugissement des flammes était omniprésent, un monstre déchaîné qui dévorait tout sur son passage. La chaleur suffocante de l'incendie contrastait brutalement avec le froid glacial des regards que les villageois posaient sur Elvira.

Elle se tenait là, vacillante mais droite, le garçon encore tremblant dans ses bras. Elle venait de le sauver de l'incendie, il était bloqué sous une branche et sans écouter sa peur elle l'avait sorti de cet enfer.

Ses cheveux étaient en désordre, ses vêtements brûlés par endroits, et son visage portait les marques de la suie et de l'épuisement. Mais ses yeux, ces yeux verts si perçants, reflétaient une détermination inébranlable.

Adrien observait la scène comme s'il était pris dans un rêve cauchemardesque. Les accusations fusaient, portées par la peur et l'ignorance.

« Sorcière ! Elle a appelé le feu avec ses maléfices ! »

« Elle nous détruira tous ! Chassez-la avant qu'il ne soit trop tard ! »

Chaque mot était une lame invisible, tranchant dans l'air et frappant Elvira.

Pourtant, elle ne bougea pas. Elle ne répondit pas. Elle posa simplement l'enfant sur le sol, enroulant sa cape déchirée autour de ses frêles épaules.

Le garçon se blottit contre elle, cherchant une sécurité qu'elle seule semblait pouvoir offrir.

Adrien sentit son cœur se serrer. Il voulait hurler, briser cette spirale d'injustice, mais quelque chose le retenait, une peur sourde et paralysante.

Il était partagé entre le désir de protéger Elvira et la conscience du poids de la foule qui l'entourait. Ces villageois n'étaient pas simplement des étrangers, ils représentaient une époque entière, une mentalité enracinée dans la peur de l'inconnu.

Elvira leva doucement la tête, regardant chaque visage qui l'accusait.

Pas avec de la colère, mais avec une tristesse presque résignée. Elle savait que rien de ce qu'elle dirait ne changerait leur perception.

Elle savait qu'elle était différente, et que, pour eux, cela suffisait.

Adrien sentit une chaleur monter en lui pas celle des flammes, mais une honte brûlante.

Pourquoi hésitait-il ? Pourquoi se sentait-il impuissant, alors qu'elle, seule face à cette foule, semblait ne pas fléchir ?

Elvira finit par prendre la parole, sa voix claire malgré sa fatigue :

« J'ai risqué ma vie pour cet enfant. Est-ce ainsi que vous me remerciez ? En m'accusant de vos peurs ? »

Un silence tendu s'installa, mais il ne dura qu'un instant. Les murmures reprirent, comme des vagues incessantes.

« Mensonges ! Manipulations ! »

Adrien avança enfin, brisant sa propre paralysie. Il se plaça entre Elvira et la foule, levant les mains pour demander le silence.

« Assez ! » Sa voix tremblait légèrement, mais elle portait tout de même un certain poids.

« Regardez-la ! Elle a sauvé cet enfant. Vous parlez de colère des dieux, mais si elle était véritablement votre ennemie, pourquoi aurait-elle risqué sa vie ? »

Les regards se tournèrent vers lui, perplexes. Adrien sentit leur hésitation. Pourtant, il savait que cela ne suffirait pas.

La peur était tenace, et elle avait déjà enraciné sa graine dans leurs cœurs.

Elvira posa doucement une main sur son épaule.

« Merci, Adrien, mais ce n'est pas à toi de porter ce fardeau. »

Elle se tourna vers la foule, ses épaules droites malgré la fatigue.

« Si vous avez besoin de blâmer quelqu'un, blâmez-moi. Si cela apaise vos peurs, je l'accepte. Mais sachez que je ne regrette rien. Je referais le même choix. »

Adrien sentit une vague d'admiration le submerger.

Là, devant lui, se tenait une femme dont la force ne résidait pas dans sa capacité à résister physiquement, mais dans son courage face à l'adversité. Elle acceptait leur haine sans fléchir, portant un fardeau qu'il savait injuste.

Ce moment, il le comprit, était plus qu'une simple scène de confrontation, c'était une épreuve, une fenêtre sur la vérité d'Elvira.

Elle ne cherchait pas à plaire, à se conformer ou à se défendre inutilement. Elle était elle-même, entière, même lorsque tout semblait vouloir la briser.

Alors qu'Adrien fixait la foule, il fit un choix silencieux, il ne serait plus un simple spectateur. Il marcherait à ses côtés, qu'importe les flammes ou les ombres qui se dresseraient contre eux.

Mais Elvira, revivant cette scène, comprit autre chose. Elle avait commis des erreurs. Elle avait cru que son dévouement suffirait à changer les cœurs.

Elle avait placé sa foi dans ceux qui ne pouvaient pas comprendre.

Elle avait oublié qu'il fallait parfois se battre non seulement pour les autres, mais pour soi-même.

De retour dans l'obscurité vibrante de leurs souvenirs, Elvira tourna ses yeux brûlants vers Adrien.

« Je t'ai pardonné ton silence ce jour-là, » dit-elle.

« Mais je ne me suis jamais pardonné de t'avoir attendu. De t'avoir regardé, au lieu de me lever seule pour ma propre défense. Je t'ai blâmé pour ce que j'aurais dû faire moi-même. »

Adrien, abasourdi, ouvrit la bouche pour parler, mais elle continua :

« Nous avons tous les deux échoué. Toi, en me laissant seule. Moi, en espérant que tu me sauverais. Peut-être que nous avons tous les deux cherché à fuir nos responsabilités, à espérer que quelqu'un d'autre porterait nos fardeaux. »

Un silence lourd s'abattit, mais cette fois, il était porteur de vérité. Adrien posa une main hésitante sur son cœur.

« Tu as raison. J'ai fui. Mais je suis ici maintenant. Si je pouvais revenir en arrière… »

Elvira le coupa, une lumière douce mais ferme dans ses yeux.

« Tu ne peux pas. »

« Nous ne pouvons que comprendre. Comprendre que ce n'est pas l'amour ou la loyauté qui nous sauvent.

C'est le courage de nous tenir debout, même seuls. C'est là où nous avons échoué, Adrien. Mais peut-être que nous pouvons encore apprendre. »

Les visions continuèrent à défiler, chaque fragment révélant un moment où leur lien avait été mis à l'épreuve et où ils avaient échoué.

Une vie où Adrien, en tant que prince, avait abandonné Elvira, une guérisseuse roturière, pour épouser une femme de sang royal.

Adrien était né prince, héritier d'un royaume prospère mais enfermé dans des traditions immuables. Chaque geste, chaque choix, chaque mot qu'il prononçait était guidé par les attentes de son rang.

Elvira n'avait rien d'une noble. Elle vivait dans une petite maison aux abords de la forêt, où elle cultivait des herbes et préparait des potions pour les malades et les blessés.

Sa réputation de guérisseuse avait attiré l'attention d'Adrien lorsque son jeune frère était tombé gravement malade, et aucun médecin de la cour n'avait pu le soigner. Désespéré, il s'était rendu en secret chez cette roturière que l'on qualifiait à voix basse de "sorcière".

Mais ce qu'il trouva chez elle ne ressemblait en rien aux contes effrayants des superstitieux. Elvira était d'une simplicité désarmante, ses gestes précis et empreints de douceur.

Elle avait soigné son frère avec une dévotion qu'Adrien n'avait jamais vue, et au fil des jours qu'il avait passés à la remercier, quelque chose avait germé en lui.

Elle était tout ce qu'il n'était pas : libre, audacieuse, guidée par une force intérieure inébranlable.

Leur amour naquit doucement, comme un feu qui prend dans les cendres. Ils se voyaient en secret, échangeant des promesses sous la lumière des étoiles.

Elvira rêvait d'un monde où leur amour n'aurait pas à se cacher. Adrien, lui, rêvait de la protéger, mais il savait que son devoir pesait lourd. Le roi, son père, lui rappelait constamment qu'un mariage princier n'était pas une affaire de sentiments, mais d'alliances politiques.

Un jour on lui annonça que son mariage avec une princesse d'un royaume voisin avait été arrangé. La jeune femme, était douce et éduquée, parfaitement conforme à l'idéal d'une future reine. Le pacte scellerait une alliance puissante entre leurs deux royaumes. Adrien n'eut pas le courage de s'opposer. Il savait ce que cela coûterait à son peuple. Un refus signifierait la guerre, la famine, le chaos.

Quand il annonça la nouvelle à Elvira, son cœur se brisa sous le poids de son propre choix. Elle l'écouta, immobile, ses yeux verts emplis d'une douleur silencieuse.

« Alors, c'est tout ? » murmura-t-elle.

« Tu vas m'abandonner parce que c'est ce qu'on attend de toi ? »

Adrien voulut lui expliquer, lui dire que c'était pour le bien de milliers de vies.

Mais à quoi bon ? Tout ce qu'elle entendait, c'était qu'il la laissait pour une autre.

Il la vit s'éloigner, le visage fermé, son amour transformé en une blessure béante.

Ce fut la dernière fois qu'il la vit.

Des années passèrent. Adrien devint roi. Et joua son rôle avec la dignité qu'on attendait de lui. Mais son cœur resta vide.

Chaque jour, il se souvenait de ses yeux, de ses rires, de son odeur d'herbes fraîches. Elle était son plus grand regret, une perte qu'il portait comme une cicatrice invisible.

Un jour, alors qu'il chevauchait seul dans une forêt, Adrien s'arrêta devant une petite clairière.

Les souvenirs l'assaillirent, c'était ici qu'il l'avait embrassée pour la première fois.

Il descendit de cheval et vit une petite tombe rudimentaire, marquée par une pierre gravée. Son cœur se serra lorsqu'il lut l'inscription :

« *À Elvira, guérisseuse des âmes et des cœurs. Elle a donné tout ce qu'elle avait, même à ceux qui ne le méritaient pas.* »

Adrien tomba à genoux. Il se rendit compte que, même après sa mort, elle avait continué à se dévouer aux autres, à aimer sans conditions. Elle avait donné son cœur, et lui l'avait brisé.

Adrien comprit une vérité cruelle, tout le pouvoir du monde ne valait rien s'il ne pouvait être libre d'aimer.

On ne doit pas aimer pour ce que veulent les autres, on ne doit pas vivre pour les autres.

Les choix dictés par le devoir ou les attentes sociales peuvent parfois entraîner des pertes irréparables.

Il est important de suivre son cœur et de défendre ses véritables aspirations car les sacrifices imposés par les conventions ou les pressions extérieures peuvent laisser des stigmates profonds et des regrets éternels.

L'amour authentique est un trésor fragile.

Parfois, rester fidèle à soi-même et à ceux qu'on aime demande une force plus grande que celle d'un roi.

Une autre vision s'imposa à eux.

Adrien était un jeune poète passionné, un rêveur épris des mots et des émotions qu'ils pouvaient capturer.

Dans les ruelles modestes de son village, il écrivait des vers inspirés par les étoiles, le vent, et surtout par Elvira.

Elle était sa muse, son égérie, celle qui donnait vie à chaque mot qu'il posait sur le papier.

Elvira, une femme au charme naturel et à l'esprit vif, aimait Adrien avec une dévotion sincère.

Elle voyait en lui un artiste destiné à briller, un homme capable de toucher les âmes avec sa plume. Mais plus que cela, elle l'aimait pour ce qu'il était, un cœur authentique, rempli de rêves et de tendresse.

Elle l'encourageait, lisait ses poèmes à la lumière vacillante des bougies, et l'inspirait avec ses rires et ses confidences.

Les premiers succès d'Adrien furent modestes mais prometteurs.

Grâce à Elvira, il trouva la confiance nécessaire pour envoyer ses œuvres à des éditeurs.

Un jour, un poème qu'il avait écrit pour elle, fut publié dans une revue littéraire. Les critiques louèrent sa plume, décrivant ses mots comme des « éclats d'âme ».

Avec cette reconnaissance naissante, les portes du monde littéraire commencèrent à s'ouvrir.

Des salons prestigieux l'invitèrent, des mécènes le remarquèrent, et bientôt, Adrien quitta le petit village pour la grande ville, promettant à Elvira qu'il reviendrait toujours vers elle.

Au début, il écrivit à Elvira presque chaque jour. Ses lettres débordaient de déclarations d'amour et de rêves partagés.

Mais à mesure que sa notoriété grandissait, ses lettres se firent plus rares. Les soirées mondaines, les critiques et les éloges occupaient ses journées.

Entouré par des cercles littéraires influents, il se laissa séduire par le glamour et l'adulation. Les promesses qu'il avait faites à Elvira commencèrent à s'effacer dans l'éclat aveuglant de sa réussite.

Un jour, plusieurs années après son départ, Adrien retourna au village pour une visite.

Mais il n'était plus l'homme qu'Elvira avait connu. Il portait des vêtements élégants, parlait avec l'arrogance de ceux qui ont goûté au succès, et semblait étrangement détaché du monde simple qu'il avait autrefois aimé.

Elvira, qui avait espéré ce moment depuis des années, l'accueillit avec un mélange de joie et d'appréhension.

Mais très vite, elle réalisa que l'homme devant elle n'était qu'une ombre de celui qu'elle avait aimé. Lorsqu'elle lui demanda pourquoi il ne lui avait presque plus écrit, il détourna le regard.

« Elvira, ma vie a changé. Le monde auquel j'appartiens maintenant est différent. Les choses sont compliquées. Tu ne comprendrais pas. »

Ces mots furent comme un coup de poignard.

Elle, qui l'avait soutenu dès le début, qui avait cru en lui quand personne d'autre ne l'avait fait, était maintenant reléguée au rang d'un souvenir d'un passé qu'il voulait oublier.

« Je ne comprendrais pas ? » répéta-t-elle, sa voix tremblante.

« Adrien, tout ce que tu es, tout ce que tu as écrit, c'était nous. Et maintenant, tu me dis que je n'ai plus ma place dans ta vie ? »

Il baissa la tête, incapable de répondre.

Au fond, il savait qu'il avait choisi la gloire au détriment de l'amour. Il s'était laissé consumer par l'ambition, oubliant qu'elle avait été la source de son inspiration.

Il repartit dans la grande ville et reprit sa vie de salon.

Les années passèrent. Adrien continua à écrire, mais quelque chose manquait dans ses œuvres.

Ses poèmes étaient toujours acclamés, mais ils n'avaient plus la même intensité, le même éclat d'authenticité.

Les critiques parlaient d'un « vide émotionnel », d'une « perte d'âme ». Peu à peu, sa renommée s'effaça, remplacée par celle d'autres jeunes talents.

Un jour, en errant dans un marché, il tomba sur un petit recueil de poèmes signé d'un nom qu'il ne connaissait pas.

En feuilletant les pages, son cœur se serra.

Les mots étaient ceux d'Elvira.

Elle avait trouvé sa propre voix, transformant sa douleur et sa trahison en une poésie d'une beauté poignante.

Ses poèmes parlaient d'un amour perdu, d'une muse qui avait abandonné son égérie, et d'une femme qui avait appris à se redécouvrir seule.

Adrien, en lisant ces mots, comprit l'ampleur de sa perte. Il avait sacrifié l'amour pur et la sincérité pour une notoriété éphémère.

Mais ce qu'il regretta le plus, ce fut de ne plus être celui qui illuminait le cœur d'Elvira.

Une fois de plus cette voix venue de nulle part leur parla.

« L'ambition, poursuivie au détriment des relations humaines sincères, peut conduire à une vie vide de sens. »

« La gloire et la notoriété sont passagères, mais l'amour véritable et le soutien mutuel sont des trésors inestimables qui ne devraient jamais être sacrifiés. »

« Elvira ». En trouvant ta propre voix, tu as trouvé la résilience et la force de te reconstruire après une trahison,

« Toi Adrien, tu appris trop tard que la notoriété ne remplace pas ce qui donne un sens profond à la vie. »

Chaque scène était comme une plaie ouverte, une blessure qui refusait de guérir.

Mais en même temps, elles portaient une vérité essentielle, ils avaient toujours été enchaînés par leurs propres faiblesses, la peur d'Adrien, la colère d'Elvira et ces faiblesses les avaient empêchés de vivre pleinement leur amour.

Lorsqu'ils émergèrent enfin de ces souvenirs, Adrien et Elvira se retrouvèrent à genoux sur le sol froid du temple.

Leurs corps tremblaient sous le poids des émotions qu'ils avaient traversées, et leurs cœurs battaient encore au rythme des batailles, des accusations, et des regrets qu'ils avaient revécus.

L'air du sanctuaire était immobile, chargé d'une gravité presque sacrée.

Le silence qui les entourait semblait étouffant, mais il portait aussi une étrange douceur : celle d'un moment où plus rien ne pouvait être dissimulé.

Adrien rompit le silence. Sa voix, brisée et rauque, trahissait l'effort qu'il lui fallait pour parler.

« J'ai toujours eu peur. »

Il baissa les yeux, ses mains crispées sur le sol comme s'il essayait de s'ancrer dans cette réalité.

« Peur de perdre ce que j'avais. »

« Peur de choisir l'amour et de tout sacrifier. Chaque fois qu'une décision se présentait, je choisissais la voie la plus sûre, la plus facile. Mais cette peur nous a séparés, encore et encore. Elle m'a volé ce qui comptait le plus. »

Ses mots étaient comme des pierres qu'il arrachait à son âme, une à une.

Chaque confession portait en elle une douleur ancienne, mais aussi une vérité qu'il ne pouvait plus ignorer.

Elvira, assise en face de lui, le fixait avec une intensité presque insoutenable.

Ses yeux étaient brillants de larmes, mais aucune ne coula. Lorsqu'elle parla, sa voix était tremblante, mais résolue.

« Et moi j'ai laissé la colère me consumer. »

Elle ferma les yeux un instant, rassemblant ses forces avant de continuer.

« Chaque fois que tu m'as abandonnée, chaque fois que tu n'étais pas là, j'ai nourri ma haine.

Je pensais que cette colère me protégerait. Que si je te haïssais assez fort, je pourrais oublier à quel point ton absence me faisait mal. Mais cette colère... »

Elle s'interrompit, cherchant ses mots, avant de reprendre :

« Elle ne faisait que nous éloigner encore plus. ».

« Elle me rendait aveugle. Aveugle à mes propres erreurs, aveugle à ce que je pouvais encore sauver. »

Leurs confessions flottaient dans l'air, résonnant dans le vide du temple.

Elles n'étaient pas des accusations.

Elles étaient des vérités. Brutes. Nécessaires.

Pour la première fois, ils ne parlaient pas pour se défendre, ni pour blâmer l'autre.

Ils parlaient pour comprendre. Pour partager le poids de leurs échecs et reconnaître ensemble ce qui les avait entravés à travers les âges.

Adrien releva les yeux vers Elvira. Il tendit une main hésitante vers elle, comme s'il craignait qu'elle ne se retire, mais elle ne bougea pas.

« Je ne peux pas changer le passé, » dit-il doucement.

« Je ne peux pas effacer ce que j'ai fait, ni les fois où j'ai manqué de courage. Mais je veux essayer. Je veux être différent. Peut-être pas pour réparer ce qui est brisé, mais pour ne plus fuir. »

Elvira le regarda longuement, comme si elle cherchait quelque chose dans ses yeux. Enfin, elle posa sa main sur la sienne.

« Moi non plus, je ne peux pas effacer ma colère. »

« Elle a été une partie de moi pendant si longtemps. »

« Mais je veux croire que nous pouvons trouver une autre voie. Que cette fois, nous ne serons pas prisonniers de nos peurs et de nos rancunes. »

Le contact de leurs mains était léger, presque fragile, mais il portait en lui une promesse.

Ils restèrent ainsi, en silence, à genoux sur le sol du temple, leurs âmes encore marquées par les souvenirs qu'ils avaient traversés.

Mais dans ce moment de confrontation, quelque chose avait changé.

Le poids de leurs erreurs semblait moins écrasant, comme si, en partageant leurs vérités, ils avaient allégé leurs fardeaux.

Le temple, témoin muet de cette réconciliation, sembla s'illuminer d'une lueur douce. Une chaleur subtile envahit l'espace, comme une bénédiction silencieuse.

Ils n'étaient pas encore guéris. Les blessures de leurs âmes resteraient sensibles encore longtemps.

Mais pour la première fois depuis des siècles, ils faisaient face ensemble.

Et dans ce temple silencieux, ce simple geste, une main posée sur une autre marqua le début d'un nouvel espoir.

« Nous devons nous pardonner. Pas seulement à l'autre, mais à nous-mêmes. Sinon, nous échouerons encore. »

« Cette fois, nous pardonnons, » dit-elle doucement.

« Et cette fois, nous avançons ensemble. »

Alors qu'ils restaient ainsi, main dans la main, une lumière douce émana de la pierre centrale.

Elle n'était pas aveuglante, mais réconfortante, comme une promesse d'un avenir différent.

Adrien et Elvira se regardèrent, une détermination nouvelle dans leurs yeux.

Ils savaient que le chemin serait encore long, mais pour la première fois, ils avaient l'impression d'être prêts.

CHAPITRE 6 : L'ÉPREUVE DE L'OMBRE

La nuit était tombée sur la clairière. La forêt, silencieuse et obscure, semblait se resserrer autour du temple comme une entité vivante.

Les étoiles scintillaient faiblement à travers les branches denses, mais leur lumière était presque imperceptible.

Adrien et Elvira se tenaient près de la pierre centrale, leurs mains jointes, leurs cœurs battant à l'unisson. La lumière douce qui émanait des gravures sur les murs du temple s'était éteinte, remplacée par une obscurité oppressante.

Tout dans l'air portait la promesse d'une confrontation imminente.

Le Veilleur les avait prévenus : pour avancer, ils devraient affronter leurs ombres. Mais aucune explication ne pouvait les préparer à ce qui les attendaient.

Alors qu'ils se tenaient là, la pierre centrale émit un bruit sourd, comme un battement de cœur.

Le sol sous leurs pieds vibra légèrement, et un vent glacial s'éleva dans la clairière, soufflant autour d'eux en spirales invisibles.

Adrien et Elvira échangèrent un regard inquiet, leurs visages illuminés brièvement par une lueur étrange qui semblait émaner de la pierre.

Puis, lentement, une ombre commença à se former au centre du temple.

D'abord petite, presque insaisissable, elle grandit rapidement, s'étirant et se tordant comme une fumée noire animée par une volonté propre.

Elle n'avait pas de forme définie, mais ses contours changeants donnaient parfois l'illusion d'un visage humain, puis d'une créature monstrueuse.

Sa présence était oppressante, comme si elle aspirait toute la chaleur et la lumière de la clairière.

« Pourquoi persistez-vous ? » murmura l'Ombre, sa voix résonnant dans l'air comme un écho glacé. Elle semblait parler directement à leurs âmes, faisant vibrer leurs peurs les plus profondes.

Adrien sentit un frisson parcourir son corps.

« Qui êtes-vous ? » demanda-t-il, sa voix à peine audible.

L'Ombre sembla se tordre, sa forme devenant plus imposante.

« Je suis vous, » susurra-t-elle.

« Je suis vos échecs, vos peurs, vos colères. Je suis tout ce que vous avez fui, tout ce que vous avez refusé de voir. Et je suis ici pour vous rappeler que vous n'êtes pas assez forts. »

Adrien sentit une vague de froid l'envahir, comme si l'Ombre avait pénétré en lui. Des images de ses vies passées refirent surface, mais cette fois, elles étaient amplifiées, déformées par une voix qui semblait moqueuse.

Il se revit sur le champ de bataille, abandonnant Elvira pour poursuivre un devoir qu'il avait lui-même défini comme noble. Puis dans une autre vie, un prince détournant le regard d'une Elvira brisée pour préserver son rang et sa réputation.

La voix de l'Ombre résonna dans son esprit, corrosive.

« Tu as toujours été un lâche, Adrien. Tu fuis l'amour parce qu'il te terrifie. Tu choisis la peur parce qu'elle est plus facile. »

Adrien serra les poings, mais ses genoux fléchirent sous le poids de ces vérités qu'il ne pouvait nier.

« Peut-être que j'ai toujours échoué, peut-être que je suis condamné à continuer. »

L'Ombre se tourna vers Elvira, sa forme se transformant en un visage indistinct mais reconnaissable, une version sombre et tordue de son propre reflet.

« Et toi, Elvira ? Crois-tu vraiment être différente ? Tu prétends vouloir pardonner, mais ta colère t'a toujours guidée. Elle te ronge, te consume, te définit. »

Des souvenirs d'une autre vie affluèrent dans l'esprit d'Elvira. Elle se revit sur le bûcher, accusée de sorcellerie.

Le visage d'Adrien, impuissant, apparaissait dans la foule, et sa haine envers lui s'amplifiait.

Dans une autre vision, elle le voyait abandonner leur amour pour une couronne, et son cœur brûlait de ressentiment.

« Il t'a toujours trahie, » murmura l'Ombre. « Et tu l'as toujours haï pour cela. Ne te mens pas à toi-même. Même maintenant, une partie de toi voudrait qu'il paie pour tout ce qu'il t'a fait. »

Elvira sentit ses mains trembler. Les paroles de l'Ombre, bien que cruelles, contenaient une vérité qu'elle ne pouvait nier. Elle avait nourri sa colère à travers les âges, la laissant dicter ses choix.

L'Ombre, sentant leur faiblesse, grandit encore, se nourrissant de leur hésitation.

Ses contours indistincts se tordaient, se mêlant à la pénombre qui les entourait, jusqu'à effacer presque tout repère.

Chaque instant semblait étirer son emprise, son obscurité devenant un mur oppressant.

Une voix s'éleva, profonde et vibrante, résonnant comme un écho dans une caverne sans fin. Elle portait en elle une gravité qui semblait peser sur l'air, rendant chaque respiration plus difficile.

« Pourquoi persistez-vous ? » lança-t-elle, chaque mot résonnant comme un coup sourd dans leurs cœurs.

« Pourquoi croyez-vous que cette fois soit différente ? »

L'Ombre s'immobilisa un instant, sa silhouette mouvante s'épaississant pour devenir presque tangible.

Ses « yeux », si l'on pouvait les nommer ainsi, deux points d'obscurité plus intenses que le reste, semblaient se poser sur eux, les perçant, sondant leurs âmes avec une curiosité méprisante.

« Vous n'êtes pas assez forts. Vous ne l'avez jamais été. »

Les mots s'enroulaient autour d'eux comme des chaînes invisibles, alourdissant leurs membres et plombant leurs pensées.

Ces paroles n'étaient pas de simples moqueries, elles étaient un poison, une lame destinée à trancher ce qui restait de leur volonté.

Les souvenirs de leurs échecs passés refaisaient surface, s'entremêlant avec ces accusations jusqu'à former un mur d'amertume qu'ils peinaient à franchir.

Mais au fond d'eux, une étincelle subsistait. Fragile, vacillante, mais vivante.

Une flamme née d'une conviction qu'ils n'avaient pas encore totalement abandonnée.

Elvira, les poings serrés, leva les yeux vers l'immense silhouette de l'Ombre. Sa voix, tremblante mais résolue, fendit le silence glacial :

« Ce n'est pas une question de force. Pas cette fois. »

« Ce que nous portons en nous est plus grand que tout ce que vous pouvez comprendre. Vous avez peut-être raison sur nos faiblesses, mais cela ne nous empêchera pas d'essayer. Et d'essayer encore. »

L'Ombre sembla vaciller un instant, comme si cette réponse, contre toute attente, l'avait touchée d'une manière qu'elle ne comprenait pas.

Mais l'obscurité s'épaissit à nouveau, plus menaçante, alors que la voix grondait :

« Nous verrons. »

Les mots de l'Ombre semblaient s'imprimer dans l'air, comme une mélodie sombre et lancinante qui refusait de s'éteindre.

Tout autour d'eux, le décor s'effaçait peu à peu, englouti par cette masse mouvante qui n'était ni ombre ni matière, mais quelque chose d'indescriptible, d'écrasant.

L'espace même semblait plier sous la volonté de cette entité, la lumière, mourant là où elle passait, laissant derrière elle un vide qui absorbait tout.

Elvira, toujours debout, les épaules tendues comme sous un poids invisible, sentit ses genoux vaciller, mais elle ne céda pas.

Elle respira profondément, comme pour aspirer un reste d'air avant qu'il ne disparaisse à son tour, et planta ses yeux dans l'obscurité mouvante.

« Peut-être que nous ne sommes pas assez forts, » murmura-t-elle, sa voix trouvant peu à peu sa stabilité.

« Mais vous, qu'êtes-vous, sinon une incarnation de la peur ? Vous vivez dans l'ombre de nos doutes, dans les fissures de nos certitudes. »

« Vous grandissez à chaque fois que nous tombons, mais vous n'avez jamais réussi à nous briser complètement. »

L'Ombre grogna, un son guttural et profond qui sembla faire trembler le sol sous leurs pieds.

Ses contours vacillèrent, et pour la première fois, une colère palpable se mêla à sa présence. Elle s'approcha, sa masse tentaculaire avançant lentement, inexorablement, jusqu'à les envelopper.

Les ténèbres devinrent si denses que leurs silhouettes semblaient elles-mêmes se dissoudre dans ce néant oppressant.

« Briser complètement ? » répéta l'Ombre, moqueuse.

« Vous croyez que votre résistance futile m'a épargné des victoires ? Regardez autour de vous. »

« Ce n'est pas moi qui faiblis, c'est vous qui vous égarez. Chaque peur, chaque hésitation, chaque échec vous enchaîne un peu plus. Vous ne faites que survivre, rien de plus. »

Une pause. Puis, avec une douceur terrible, presque caressante, elle ajouta :

« Et cette fois, il n'y aura pas de survie. »

Un silence pesant s'abattit, troublé seulement par le souffle tremblant de leurs respirations.

Adrien se leva et se mit aux côtés d'Elvira, fit un pas en avant.

Ses traits étaient marqués par les épreuves, mais ses yeux brillaient d'une lumière farouche, celle d'un homme qui avait traversé les guerres et qui portait encore leurs cicatrices comme des médailles.

« Vous avez raison, » dit-il calmement.

« Vous avez gagné de nombreuses batailles contre nous. »

« Mais chaque victoire vous coûte. Chaque fois que vous nous poussez à terre, nous nous relevons, et chaque fois, nous vous comprenons un peu plus. »

« Vous pensez nous effacer ? Vous ne faites que nous forger. »

« Vous êtes la peur, oui, mais la peur a une faiblesse, elle ne peut exister sans quelque chose à menacer. »

« Nous sommes votre raison d'être. »

L'Ombre sembla hésiter, et dans cet instant, un souffle léger sembla percer les ténèbres.

Une lueur, faible mais persistante, émergea au centre du temple, comme un phare lointain dans une mer agitée.

Elle vacilla, prête à s'éteindre, mais ne céda pas. Et à cette lumière, les figures humaines retrouvèrent un semblant de contour, de présence.

L'Ombre gronda de frustration, sa masse, ondulant violemment.

« Vous croyez qu'une simple lumière, un fragment de volonté, peut me vaincre ? »

« Je suis tout ce que vous redoutez. Tout ce que vous cachez. Rien ne peut me tenir tête ! »

Mais à ces mots, Elvira, d'une voix douce mais ferme, repris la parole, elle parla, d'un ton qui était celui d'une vérité qui ne pouvait être contestée.

« Non, Ombre. Ce n'est pas toi qui es tout. »

« Tu n'es qu'un reflet, une illusion amplifiée par nos doutes. Mais tu n'as jamais eu de substance propre. »

« Nous sommes ceux qui te nourrissons, et nous sommes aussi ceux qui pouvons te refuser. »

Les ténèbres vacillèrent à nouveau. La lumière, minuscule et fragile quelques instants plus tôt, commença à croître, portée par cette déclaration.

Elle se répandit, comme une flamme prenant vie dans une nuit sans fin. L'Ombre recula, ses contours se déchirant, comme si elle était incapable de maintenir sa cohésion face à cette lumière naissante.

Elvira et Adrien mains dans la main ne formant plus qu'un, s'avancèrent, épaules redressées, visages tendus mais déterminés.

Chaque regard, chaque geste qu'ils échangeaient devenait une étincelle supplémentaire, une preuve tangible que, malgré tout, ils étaient toujours là. Ensemble.

L'Ombre hurla, un cri qui résonna comme un tremblement de terre, un dernier acte de résistance.

Mais même ce cri se perdit dans l'éclat grandissant de la lumière, une lumière née de leur union, de leur résilience, de ce refus obstiné de céder.

Et alors que l'Ombre s'effaçait, emportée par cette marée lumineuse, ses derniers mots résonnèrent, empreints d'un mélange de défi et d'un désespoir presque humain

« Vous ne pouvez pas m'échapper ! » hurla-t-elle. « Je suis une partie de vous ! »

La lumière envahit tout, les laissant seuls dans un espace nouveau, un espace où, pour la première fois depuis longtemps, ils pouvaient respirer.

Adrien, regarda Elvira. Elle semblait aussi bouleversée que lui, mais une étincelle de détermination brillait dans ses yeux.

« Adrien, regarde-moi, » dit-elle, sa voix claire malgré la peur.

« Nous avons échoué parce que nous nous sommes laissé envahir par ces ombres. Mais elles ne nous définissent pas. ».

« Pas cette fois. »

« Oui, j'ai été en colère. J'ai nourri cette haine, et elle m'a consumée. Mais cette fois, je choisis de la laisser partir. Je choisis de pardonner. »

« Et moi, dis Adrien, j'ai fui. J'ai eu peur. Mais cette fois, je choisis de rester. Je choisis l'amour au lieu de la peur. »

Une lumière douce commença à émaner d'eux, légère au début, mais gagnant rapidement en intensité.

Elle semblait venir de leurs cœurs, se propageant à travers leurs corps et illuminant la clairière.

« Vous ne pouvez pas m'échapper ! » hurla-t-elle. « Je suis une partie de vous ! »

Ces dernières paroles résonnaient dans leurs têtes.

Adrien et Elvira se prirent les mains, leur lumière fusionnant en un éclat aveuglant.

« Oui, elle fait partie de nous, » dit Elvira.

« Mais elle ne nous contrôle plus. »

Lorsque tout fut terminé, Adrien et Elvira tombèrent à genoux, épuisés mais apaisés. La lumière autour d'eux s'estompa, mais une chaleur douce persista dans l'air.

Adrien tourna son regard vers Elvira. « C'est fini ? »

Elle hocha doucement la tête. « Nous avons réussi. »

Pour la première fois depuis des siècles, ils ressentirent une paix véritable. Ils avaient affronté leurs ombres, accepté leurs erreurs, et choisi de les dépasser.

Leur lien, auparavant fragile et brisé par le doute et la colère, était maintenant renforcé par une lumière intérieure qu'ils avaient retrouvée ensemble.

Chapitre 7 : La Transcendance

Le matin s'éleva lentement sur la clairière, baignant le temple d'une lumière douce et dorée. La forêt, si oppressante et obscure la veille, semblait maintenant vibrer d'une énergie nouvelle, comme si elle-même avait été libérée d'un poids ancien.

Adrien et Elvira, assis près de la pierre centrale, ressentaient une étrange paix. L'épreuve de l'Ombre était terminée, mais ils savaient que leur voyage n'était pas encore achevé.

Ils observaient le temple autour d'eux, qui semblait différent. Les gravures sur les murs, autrefois à peine visibles, brillaient faiblement, comme si elles s'étaient réveillées après des siècles de sommeil.

Une chaleur douce émanait de la pierre centrale, et l'air semblait chargé d'une énergie apaisante mais intense.

« Nous avons survécu, » murmura Adrien, brisant le silence.

Elvira hocha la tête, son regard fixé sur la pierre.

« Oui… mais ce n'est pas fini. Le Veilleur a parlé d'un choix. Et je pense que nous devons le faire maintenant. »

Comme pour répondre à ses paroles, une lumière dorée apparut au centre de la pierre, s'intensifiant jusqu'à former la silhouette familière du Veilleur.

Cette entité, ni homme ni femme, semblait plus claire et plus définie que lors de leur première rencontre.

Son aura dorée pulsait doucement, projetant des reflets dans toute la clairière.

Le Veilleur inclina légèrement la tête, comme pour les saluer.

Sa voix résonna dans leurs esprits, douce mais puissante.

« Vous avez triomphé de vos ombres. Vous avez accepté vos erreurs, confronté vos peurs et choisi de les dépasser. Vous avez accompli ce que peu d'âmes parviennent à faire. »

Adrien et Elvira échangèrent un regard, leurs cœurs battant à l'unisson. Le Veilleur continua :

« Mais votre voyage ne s'arrête pas ici. Vous avez maintenant un choix à faire, un choix qui définira non seulement votre avenir, mais aussi le rôle que vous jouerez dans le cycle des âmes. »

La lumière du Veilleur devint plus intense, et des images commencèrent à se former autour d'eux.

Ils virent un futur possible, où ils vivaient ensemble une vie paisible.

Adrien et Elvira apparaissaient dans une maison simple, au bord d'un ruisseau. L'endroit était baigné d'une lumière dorée, celle du matin ou du crépuscule, difficile à dire.

Les journées semblaient paisibles, rythmées par le chant des oiseaux et le murmure de l'eau.

Ils partageaient des moments de bonheur simple.

Adrien pêchant près du ruisseau pendant qu'Elvira lisait, assise sur le seuil de leur maison, un sourire tranquille illuminant son visage.

Ils partageaient des jours heureux, loin des tumultes, enfin libres de leurs chaînes passées. Leurs rires emplissaient l'air, et leurs regards étaient empreints d'une sérénité qu'ils n'avaient jamais connue.

Adrien posa une main tremblante sur le bras d'Elvira.

« Est-ce… réel ? » murmura-t-il, la voix teintée d'un mélange d'émerveillement et de scepticisme.

Le Veilleur répondit, comme s'il avait lu ses pensées.

« C'est un avenir possible. Un chemin parmi tant d'autres, où vous pourriez goûter à la sérénité, loin des tumultes qui vous ont marqués. »

« Mais ce choix n'est pas sans conséquences. »

Puis, une autre image prit forme.

Cette fois, ils n'étaient plus des êtres humains, mais des lumières éthérées, guidant d'autres âmes perdues.

Ils flottaient dans un espace infini, leur lumière touchant des milliers d'êtres en quête de paix.

Ils n'avaient plus de corps, mais leur union était plus forte que jamais, fusionnée en une seule flamme éternelle.

Le Veilleur parla à nouveau.

« Vous pouvez choisir de vivre une vie humaine ensemble, libres de vos chaînes. Vous connaîtrez la joie, l'amour et la paix. Mais cette vie, comme toutes les vies humaines, sera temporaire.

Ou vous pouvez transcender le cycle et devenir des Veilleurs, des guides pour d'autres âmes.

Vous ne serez plus liés par le temps ou l'espace, mais votre existence sera dédiée aux autres. »

Un silence lourd s'installa dans la clairière.

Adrien sentit son cœur se serrer.

« Si nous choisissons de transcender » commença-t-il, hésitant,

« Est-ce que cela signifie que nous perdrons ce que nous sommes ? Que nous perdrons notre humanité ? »

Le Veilleur tourna son regard lumineux vers lui.

« Vous ne perdrez rien. Vous serez toujours vous-mêmes, mais vous serez aussi plus. »

« Votre amour, votre lien, deviendra une force universelle. Mais ce sera une existence différente. »

« Vous ne connaîtrez plus les plaisirs ou les douleurs du monde physique. »

Elvira ferma les yeux, réfléchissant profondément.

Elle se souvenait des visions de leurs vies passées, de toutes les fois où ils s'étaient trouvés puis perdus, de la douleur et du regret qui avaient marqué leur chemin.

Mais elle se souvenait aussi des moments de bonheur, aussi fugaces soient-ils. Était-elle prête à renoncer à tout cela pour une existence intemporelle ? Était-elle prête à dédier son être à un rôle plus grand ?

Un silence pesant régnait dans la clairière, interrompu seulement par le bruissement léger du vent à travers les arbres.

Les mots du Veilleur flottaient dans l'air, porteurs d'un poids difficile à supporter. Adrien et Elvira se tenaient côte à côte, mais leurs pensées les entraînaient chacun dans des directions différentes, des spirales d'interrogations profondes.

Adrien imagina une vie simple, une vie où ils pourraient enfin se libérer du poids des luttes incessantes.

Une maison nichée près d'un ruisseau, le parfum des fleurs sauvages au printemps, la chaleur d'un feu de cheminée pendant les longues soirées d'hiver.

Ce serait une vie imparfaite, certes, mais une vie humaine. Ils connaîtraient des jours de bonheur et des moments d'épreuve, mais ils seraient ensemble, unis par leur amour.

Le retour à une forme de simplicité et de paix, Une existence humaine, bien qu'éphémère, leur permettrait de savourer des plaisirs tangibles, la douceur d'un corps qui vous touche, la beauté d'un coucher de soleil, le rire partagé dans l'intimité.

La chance de connaître un bonheur complet, même temporaire.

Après des vies marquées par le sacrifice et la douleur, ils pourraient enfin se permettre d'être égoïstes, de vivre pour eux-mêmes.

En choisissant de vivre une vie humaine, ils accepteraient leur place dans le monde, participant à l'éternel renouvellement de la vie et de la mort.

Mais également dans tout bonheur humain, aussi grand soit-il, est marqué par la mortalité.

Leur vie, bien que douce, finirait par s'éteindre, les laissant peut-être séparés une fois de plus.

Alors que leur lien et leur expérience pourraient servir à un plus grand dessein. Refuser de transcender pourrait être vu comme un choix égoïste, une abdication de leur responsabilité envers le cycle des âmes.

Mais à la fin de cette vie humaine, ils devront à nouveau se séparer et recommencer le cycle de la réincarnation, avec ses incertitudes et ses souffrances.

Adrien tourna les yeux vers Elvira, son cœur se serrant à la simple idée de la perdre encore un jour, après avoir goûté à cette vie de paix.

Elvira, de son côté, ferma les yeux et laissa les visions des Veilleurs envahir son esprit.

Elle vit un espace intemporel, où le passé, le présent et le futur convergeaient en une unique vérité.

Dans cet état, ils seraient libérés des limites du monde matériel. Ils ne connaîtraient ni faim, ni douleur, ni peur. Mais ils ne connaîtraient plus non plus le réconfort d'une main dans la leur, ni le frisson d'un baiser. Leur amour serait une force universelle, mais non plus quelque chose de tangible.

En accédant à une existence transcendante, Ils deviendraient des guides, des phares pour d'autres âmes, les aidant à trouver leur chemin dans le cycle éternel.

Ce serait une immortalité pleine de sens.

Leur lien, leur amour, transcenderaient les limites de la matière et deviendraient une force intemporelle, influençant le destin de bien des âmes.

La possibilité de mettre fin aux souffrances d'autres. En tant que Veilleurs, ils pourraient empêcher d'autres âmes de connaître les tourments qu'ils avaient traversés.

Mais transcender signifierait abandonner tout ce qui rendait la vie humaine précieuse.

Plus de caresses, plus de rires dans une pièce remplie de lumière, plus de larmes partagées dans l'intimité.

Ce serait une existence détachée. Bien qu'ils seraient ensemble, leur union ne serait plus celle de deux corps ou de deux cœurs.

Ils deviendraient une entité plus grande, et leur amour, bien qu'intact, changerait de nature.

C'est un poids éternel que d'être un guide. C'est porter la responsabilité des autres, sans jamais connaître le repos.

Leur existence serait une lutte continue pour protéger et éclairer.

Adrien rompit finalement le silence, sa voix brisée par l'émotion.

« Elvira, Je veux cette vie avec toi. Je veux pouvoir te serrer dans mes bras, te voir sourire chaque matin. »

« Mais si nous choisissons cela, est-ce que nous serons capables de vivre avec l'idée que nous aurions pu faire plus ? »

Elvira ouvrit les yeux, et dans son regard brillait une lueur indécise.

« Adrien, je ne sais pas. Je veux cette vie aussi. »

« Une vie où nous pourrions enfin être heureux, sans plus de combats ni de sacrifices. »

« Mais si nous transcendons, peut-être que notre amour pourra devenir quelque chose de plus grand. »

Elle baissa la tête, réfléchissant intensément.

« Je me demande. Notre humanité, est-ce une force ou une faiblesse ? »

« Ce que nous aimons dans la vie humaine, ce sont les sensations, les émotions… Mais ce qui nous détruit, ce sont aussi ces mêmes choses. La douleur, la peur de perdre l'autre. »

Adrien hocha lentement la tête.

« Peut-être que notre amour, tel qu'il est, n'est possible que parce que nous sommes humains. Si nous devenons des Veilleurs, est-ce que nous le ressentirons encore de la même façon ? »

Elvira posa une main sur la sienne.

« Mais si nous ne le faisons pas, si nous choisissons la paix pour nous, combien d'âmes souffriront à cause de notre absence ? »

Ils se regardèrent, leurs pensées s'emmêlant, cherchant une réponse dans les yeux de l'autre.

Devant eux, le Veilleur attendait, silencieux, patient, une figure de lumière dans l'obscurité. Il ne jugeait pas, mais son regard lumineux semblait leur rappeler que le temps viendrait bientôt de faire un choix.

Adrien tourna son regard vers elle, cherchant une réponse dans ses yeux.

« Que veux-tu faire ? » demanda-t-il doucement.

Elvira prit sa main dans la sienne, une chaleur rassurante émanant de son toucher.

« Nous avons cherché à être ensemble à travers tant de vies. Peut-être que cette fois, nous devons penser au-delà de nous-mêmes. »

« Si nous pouvons aider d'autres âmes à trouver la paix alors peut-être que c'est là que se trouve notre véritable destinée . »

Adrien et Elvira se tenaient face à face, leurs mains entrelacées, comme pour ancrer leur lien dans la réalité, dans cette clairière où tout semblait suspendu.

Les yeux d'Elvira brillaient d'un mélange d'incertitude et de détermination, tandis qu'Adrien luttait pour contenir les émotions qui bouillonnaient en lui.

Le silence était presque tangible, comme si le monde retenait son souffle.

Finalement, Adrien brisa le silence, sa voix basse mais ferme.

« Je ne veux pas te perdre, Elvira. »

« Pas encore. Pas une fois de plus. »

« Si nous choisissons une vie humaine, au moins je sais que nous pourrons profiter de chaque instant. Même si cette vie est courte, au moins elle sera réelle. Je pourrai te voir sourire chaque matin, sentir ta main dans la mienne »

Il baissa les yeux, cherchant ses mots.

« Mais si nous choisissons cela, est-ce que nous ne serons pas en train de fuir ? En train de tourner le dos à ce que nous pourrions accomplir ? »

Elvira hocha doucement la tête, ses doigts serrant les siens un peu plus fort.

« Moi aussi, j'ai peur de te perdre, Adrien. Plus que tout. Et l'idée d'une vie humaine, simple et paisible, est tellement belle. »

« Nous pourrions enfin être libres, enfin heureux. Mais... » Elle marqua une pause, le regard perdu dans l'immensité lumineuse du Veilleur.

« Mais je me demande si cela suffira. »

Elle inspira profondément, puis continua, la voix tremblante d'émotion.

« Tout ce que nous avons vécu jusqu'à présent, toutes ces luttes, ces souffrances, ça nous a brisés, oui, mais ça nous a aussi construits. Si nous choisissons de transcender, nous pourrions transformer toute cette douleur en quelque chose de plus grand. »

« Nous pourrions aider d'autres âmes à éviter ce que nous avons traversé. »

Adrien releva la tête, plongeant son regard dans le sien.

« Et si, en transcendant, nous perdons ce que nous sommes ? Le Veilleur dit que nous resterons nous-mêmes, mais est-ce que ce sera vraiment nous ? »

« Et notre amour, Elvira ? Est-ce qu'il survivra à une existence où nous ne serons plus liés par les choses qui nous rendent humains ? »

Elvira fronça légèrement les sourcils, réfléchissant à cette question.

« Peut-être que notre amour changera, Adrien. Peut-être qu'il deviendra quelque chose de différent. »

« Mais cela ne veut pas dire qu'il disparaîtra. Ce que nous avons est plus fort que le temps ou l'espace. Ce lien, je le ressens dans chaque fibre de mon être. »

Elle posa une main sur sa joue, son regard empli de tendresse.

« Si nous transcendons, nous ne ressentirons peut-être plus les choses de la même manière, mais ça ne veut pas dire que nous ne serons plus nous. »

« Nous avons toujours été nous, à travers chaque vie, chaque forme. Peut-être que transcender, c'est simplement une autre étape. »

Adrien ferma les yeux à ce contact, laissant ses propres pensées se calmer.

« Mais si nous choisissons une vie humaine, nous aurons une chance de vivre pleinement ce que nous sommes maintenant. »

« Toi et moi, comme deux êtres faits de chair et de sang, avec tout ce que cela implique. Peut-être que cette vie sera courte, mais elle sera vraie. »

Elvira eut un sourire triste.

« Adrien chaque vie que nous avons vécue a été vraie. »

« Et chaque vie s'est terminée par la même chose, nous nous sommes perdus, puis retrouvés. Je ne sais pas si je suis prête à recommencer ce cycle encore une fois. »

Un silence s'installa entre eux, chargé d'une intensité presque insupportable. Le Veilleur restait immobile, une présence bienveillante mais détachée, attendant patiemment leur décision.

Adrien finit par briser à nouveau le silence, sa voix plus basse, presque un murmure. « Alors, que veux-tu faire, Elvira ? Je te suivrai, peu importe ton choix. Je ne veux pas te forcer, ni te retenir. »

Elvira le regarda longuement, les yeux pleins de larmes.

« Je pense que nous avons déjà tant donné à ce cycle. Et je pense que nous avons encore plus à offrir, mais peut-être sous une autre forme. »

« Je crois que transcender est le bon choix. »

Adrien sentit son cœur se serrer, partagé entre l'amour qu'il éprouvait pour elle et la peur de ce que cela signifierait.

Mais en voyant la conviction dans ses yeux, il sut qu'elle avait raison. Leur lien était suffisamment fort pour survivre, peu importe ce qui les attendait.

Il hocha lentement la tête.

« Très bien, Elvira. Si c'est ce que tu veux, alors je suis avec toi. Toujours. »

Elvira eut un sourire, cette fois empli de lumière.

« Ensemble, Adrien. Comme toujours. »

Le Veilleur, qui les avait écoutés en silence, s'avança alors, sa lumière, brillant plus intensément.

« Votre choix est fait. Vous transcendez. Et votre amour, votre lien, deviendra une force qui guidera d'innombrables âmes. »

Dans un dernier regard, Adrien et Elvira se tinrent fermement la main, prêts à affronter cette nouvelle existence, ensemble.

Et alors que la lumière les enveloppait, ils sentirent leurs craintes et leurs doutes s'évanouir, remplacés par une certitude éclatante, peu importe ce qu'ils deviendraient, leur amour perdurerait.

Adrien hocha lentement la tête. Ses propres doutes s'estompaient devant la certitude d'Elvira.

Il savait, au fond de lui, qu'elle avait raison.

Leur lien avait traversé tant d'épreuves qu'il ne pouvait plus être contenu par une simple existence humaine.

Il se tourna vers le Veilleur.

« Nous choisissons de transcender. »

À ces mots, la lumière du Veilleur devint presque aveuglante. Une chaleur douce et enveloppante les entoura, et le sol sembla disparaître sous leurs pieds.

Adrien et Elvira se tenaient toujours la main, mais ils sentaient leurs corps devenir plus légers, comme s'ils se dissolvaient dans cette lumière.

Des souvenirs de leurs vies passées défilèrent devant eux, mais cette fois, ils ne les voyaient pas comme des fardeaux.

Ils étaient des fragments d'un tout, des morceaux d'une mosaïque qui leur avait permis d'arriver à ce moment.

Chaque échec, chaque victoire, chaque douleur avait un sens.

Peu à peu, ils se sentirent s'élever, leur conscience s'élargissant au-delà de ce qu'ils n'avaient jamais connu.

Ils n'étaient plus seulement Elvira et Adrien. Ils étaient une lumière unique, fusionnée, une flamme qui brillait pour guider les autres.

Lorsqu'ils réapparurent, ils n'étaient plus dans la clairière.

Ils flottaient dans un espace infini, un océan de lumière et de silence. Leur présence était intangible, mais leur union était plus forte que jamais.

Ils ressentaient chaque âme, chaque être en quête de paix. Leur rôle était clair, veiller, guider, et offrir leur lumière à ceux qui en avaient besoin.

Bien qu'ils n'aient plus de corps, ils se sentaient complets, entiers.

Adrien murmura dans cette nouvelle existence

« Nous avons enfin trouvé ce que nous cherchions. »

Elvira répondit, sa lumière se mêlant à la sienne.

« Et nous l'offrirons aux autres. »

Et ainsi, ils devinrent des Veilleurs, des guides éternels, prouvant que l'amour véritable peut transcender le temps, l'espace et même la mort.

Épilogue : Les Veilleurs

La clairière, maintenant silencieuse, baignait dans une lumière douce.

Le temple en ruines, autrefois marqué par le passage du temps, semblait différent. Les gravures sur ses murs vibraient faiblement, comme si elles gardaient une mémoire vivante des événements qui venaient de se dérouler.

Les arbres autour, autrefois sombres et oppressants, semblaient s'être redressés, comme s'ils saluaient un renouveau.

Elvira et Adrien n'étaient plus là sous leur forme humaine, mais leur essence, leur lumière, emplissait encore cet espace sacré.

Le temple devint rapidement un lieu étrange et mystérieux pour ceux qui osaient s'aventurer dans la forêt.

Les villageois, qui auparavant l'ignoraient ou en avaient peur, commencèrent à rapporter des histoires.

Certains disaient qu'en approchant du temple, ils ressentaient une chaleur réconfortante, comme un feu intérieur qui apaisait leurs peurs.

D'autres racontaient avoir vu des lumières dorées danser entre les colonnes en ruines, ou entendu de doux murmures portés par le vent.

Des légendes commencèrent, à circuler.

Une jeune femme du village, accablée par le chagrin d'avoir perdu son enfant, trouva un jour refuge dans la clairière. Elle s'assit près de la pierre centrale, ses larmes roulant sur ses joues.

Alors qu'elle fermait les yeux, une lumière douce l'enveloppa, et une voix résonna dans son esprit

« Tu n'es pas seule. Ton amour est une force qui transcende la douleur. » Lorsqu'elle quitta le temple, elle se sentit transformée, plus légère, comme si une partie de son fardeau avait été emportée.

Un vieil homme, perdu dans les regrets de sa jeunesse, s'approcha un jour de la pierre centrale.

« J'ai fait des erreurs, » murmura-t-il, la voix tremblante.

« Je ne peux pas les réparer. »

Une lumière douce émana alors des gravures autour de lui, et une voix lui répondit : « Les erreurs ne définissent pas qui tu es. Elles sont les leçons qui te façonnent. Pardonne-toi, et avance. »

L'homme quitta le temple avec des larmes dans les yeux, mais aussi avec une paix qu'il n'avait pas ressentie depuis des décennies.

De tels récits se répandirent rapidement, attirant des âmes errantes en quête de réconfort.

Certains venaient avec des questions, d'autres avec des regrets.

Mais tous repartaient changés, même s'ils ne pouvaient pas toujours expliquer pourquoi. Le temple devint un sanctuaire intemporel, un lieu où le temps semblait s'effacer et où les cœurs brisés trouvaient un écho à leurs douleurs.

Bien qu'ils n'aient plus de corps, Elvira et Adrien continuaient à veiller.

Leur présence dans le temple était subtile mais constante, une lumière impalpable qui imprégnait chaque pierre, chaque gravure, chaque souffle d'air.

Parfois, leurs murmures se faisaient entendre, portés par le vent ou le bruissement des feuilles.

Une voix masculine, profonde et apaisante, guidait doucement ceux qui cherchaient des réponses.

Une voix féminine, douce mais ferme, encourageait ceux qui luttaient à lâcher prise sur leur colère ou leur douleur.

Ces murmures, bien que fugaces, touchaient profondément ceux qui les entendaient. Ils n'étaient pas des ordres, mais des invitations à regarder en eux-mêmes, à trouver la lumière dans leur propre obscurité.

Elvira et Adrien avaient choisi de transcender, et dans cette existence nouvelle, ils comprenaient l'immensité de leur rôle.

Ils n'étaient plus liés par les limites du temps ou de l'espace.

Ils percevaient les âmes comme des étoiles dans un ciel infini, chacune brillante mais parfois obscurcie par des nuages de peur, de douleur ou de doute.

Leur lumière fusionnée touchait ces âmes, guidant celles qui étaient prêtes à avancer.

Ils n'intervenaient pas directement. Ils n'imposaient jamais leur volonté.

Leur rôle était d'éclairer, d'inspirer, et de laisser chaque âme choisir son propre chemin.

C'était une responsabilité immense, mais aussi un honneur qu'ils acceptaient avec humilité.

Dans cette nouvelle existence, Adrien et Elvira ressentaient toujours leur lien, mais il avait changé.

Il n'était plus limité à un amour humain, mais s'était transformé en une force universelle.

Ils étaient une seule flamme, mais cette flamme portait les échos de leur passé, de leurs victoires et de leurs échecs, de leur douleur et de leur pardon.

Ensemble, ils étaient complets.

Au fil des générations, le temple devint une légende.

Les villageois racontaient l'histoire d'un homme et d'une femme qui s'étaient aimés à travers les âges, mais dont l'amour avait toujours été entravé par leurs propres faiblesses.

Ils disaient que, dans leur dernière vie, ils avaient trouvé la force de se pardonner et de briser le cycle qui les enchaînait.

Leur amour était si pur qu'il avait transcendé la mort, et ils étaient devenus des guides éternels pour ceux qui cherchaient la lumière.

Les enfants grandissaient en écoutant ces récits, et beaucoup rêvaient de visiter un jour la clairière sacrée.

Certains disaient que l'on pouvait voir les Veilleurs si l'on fermait les yeux au centre du temple et ouvrait son cœur. D'autres prétendaient que leurs voix pouvaient encore être entendues dans le vent, mais seulement par ceux qui étaient prêts à les écouter.

Dans leur nouvelle existence, Elvira et Adrien ressentaient une paix qu'ils n'avaient jamais connue auparavant.

Ils savaient que leur rôle n'aurait pas de fin, mais cela ne les effrayait pas. Chaque âme qu'ils touchaient, chaque lumière qu'ils aidaient à raviver, renforçait leur propre flamme.

Adrien murmura dans cet espace intemporel.

« Nous avons cherché la paix à travers tant de vies. Et maintenant que nous l'avons trouvée, elle est plus belle que ce que j'aurais pu imaginer. »

Elvira répondit, sa lumière se mêlant à la sienne.

« Parce que cette paix ne vient pas seulement de nous. Elle vient de ce que nous offrons aux autres. »

Et ainsi, ils continuèrent, éternels et lumineux, veillant sur le monde depuis leur sanctuaire sacré.

Leur histoire devint un symbole pour tous ceux qui cherchaient à briser leurs chaînes, à transformer leurs propres ombres, et à trouver la lumière dans l'obscurité.

Et si leur décision avait été toute autre ?

La lumière du Veilleur les enveloppait toujours, douce mais imposante, suspendue dans un silence infini.

Le choix flottait entre eux, pesant et irréversible. Elvira et Adrien se tenaient face à face, les doigts entrelacés, cherchant des réponses l'un dans le regard de l'autre.

Adrien brisa le silence, sa voix tremblante.

« Elvira si nous transcendons, nous serons ensemble pour l'éternité. »

« Mais est-ce que ce sera vraiment nous ? Est-ce que ce sera encore ça ? » Il pressa doucement sa main contre la sienne, comme pour lui rappeler la chaleur tangible de leur amour, la réalité de leur lien.

Elvira baissa les yeux, sentant les battements de son cœur résonner en elle.

Une vie d'éternité, une existence transcendante, guidant d'autres âmes perdues cela avait un sens, une noblesse qu'elle ne pouvait nier.

Mais cela signifiait aussi renoncer à tout ce qui avait rendu leur amour si précieux, les rires partagés, les étreintes volées, les larmes versées dans les moments difficiles.

« J'ai peur » murmura-t-elle.

« Peur que nous devenions des ombres de nous-mêmes. Peur de ne plus ressentir ce que je ressens quand je suis près de toi, quand tu me regardes comme ça. »

Le Veilleur les observait en silence, sa lumière, pulsant lentement, comme s'il comprenait l'ampleur de leur hésitation.

Sa voix s'éleva à nouveau, douce mais solennelle.

« Si vous choisissez la vie humaine, vous connaîtrez la joie et la douleur, la lumière et l'ombre. Vous serez soumis aux lois du temps, à la fragilité de l'existence. Mais vous vivrez pleinement, dans la chaleur du monde matériel. »

Adrien serra les poings, sa gorge nouée par l'émotion.

« Je veux être avec toi, pas comme une idée, pas comme une force abstraite. »

« Je veux sentir ton souffle le matin, entendre ton rire résonner dans une pièce. »

« Je veux que notre amour soit vécu, pas seulement ressenti. »

Elvira leva les yeux vers lui, un sourire triste mais sincère éclairant son visage.

« Moi aussi, Je veux tout cela. Même si cela signifie que nous devrons un jour nous dire adieu je préfère une vie courte et vraie qu'une éternité où nous ne serions plus vraiment nous. »

Elvira sourit, une larme roulant doucement sur sa joue.

« C'est ce qui rend la vie précieuse. Sa fragilité. »

Le Veilleur hocha lentement la tête, sa lumière semblant s'adoucir.

« Alors votre choix est fait ? »

« Vous reviendrez au monde des vivants, libérés de vos chaînes passées. Vous connaîtrez l'amour dans sa forme la plus pure mais aussi sa fin inévitable. »

Elvira et Adrien échangèrent un dernier regard, et à cet instant, tout doute s'effaça. Ils savaient que leur amour était précieux justement parce qu'il était éphémère, parce qu'il se nourrissait du temps qui leur était accordé, aussi bref soit-il.

Elvira posa une main sur le visage d'Adrien, le caressant doucement.

« Même si nous ne sommes que des passagers dans cette vie, je veux être avec toi pour chaque instant. »

'Et si nous devons nous retrouver dans une autre vie alors je t'attendrai. »

« Toujours. »

Adrien ferma les yeux, savourant la douceur de son toucher.

« Toujours. »

La lumière du Veilleur s'intensifia soudainement, les enveloppant dans une étreinte dorée.

Une chaleur douce les traversa, et peu à peu, ils sentirent le poids du monde revenir.

La sensation de la terre sous leurs pieds, la fraîcheur de l'air sur leur peau, la rumeur lointaine d'un ruisseau…

Ils se tenaient désormais dans une clairière baignée de lumière, les arbres frémissant sous la brise.

Le monde réel les accueillait à nouveau, vibrant de mille sensations oubliées.

Adrien inspira profondément, sentant le parfum de l'herbe humide, et se tourna vers Elvira, un sourire sincère aux lèvres.

Elle rit doucement, émerveillée par la simplicité de l'instant.

« Nous sommes revenus. »

Il prit sa main dans la sienne et la porta à ses lèvres.

« Oui. Et cette fois, nous vivrons chaque instant. Ensemble. »

Ils avancèrent, laissant derrière eux la lumière du Veilleur qui s'éloignait doucement. La transcendance leur avait été offerte, mais ils avaient choisi l'amour humain, avec toute sa beauté et sa fragilité.

Parce que c'était dans cette fragilité que leur amour trouvait sa véritable force.

Et dans ce moment suspendu, ils savaient que leur choix était le bon.

La lumière dorée du Veilleur s'amenuisa doucement, comme un dernier adieu, et bientôt, Elvira et Adrien se retrouvèrent seuls dans la clairière.

L'air était chargé d'une étrange douceur, presque irréelle, et pourtant, ils savaient qu'ils étaient revenus dans le monde palpable.

La forêt autour d'eux semblait plus vivante que jamais.

Chaque feuille bruissait avec une légèreté nouvelle, le vent effleurait leur peau comme une caresse bienveillante, et les parfums de la terre humide et du bois frais emplissaient leurs poumons.

Adrien inspira profondément, fermant les yeux un instant.

« Nous sommes vraiment revenus » murmura-t-il, laissant les mots flotter dans l'air.

Elvira lui sourit doucement, sa main serrant la sienne avec une tendresse infinie.

« Oui et tout semble plus réel que jamais. »

Elle leva les yeux vers la canopée, où le soleil filtrait à travers les branches, projetant des éclats d'or et de vert autour d'eux.

Ils avancèrent lentement, comme si chaque pas redécouvrait le monde.

Les brindilles craquaient sous leurs pieds, les chants lointains des oiseaux remplissaient le silence qu'ils avaient laissé derrière eux.

Elvira caressa l'écorce d'un arbre, s'attardant sur sa rugosité, s'émerveillant de la simplicité de ce contact.

Après ce qu'ils avaient vécu, chaque sensation semblait un trésor.

« Penses-tu que nous avons fait le bon choix ? » demanda Adrien après un moment, son regard plongé dans celui d'Elvira.

Elle hocha la tête, un sourire serein sur ses lèvres.

« Oui. Nous avons choisi de vivre, Adrien. De ressentir chaque instant, chaque douleur, chaque joie et de les vivre pleinement. »

Il lui rendit son sourire, soulagé de voir cette conviction dans ses yeux.

Ils continuèrent leur marche à travers la forêt, la route menant au village se dessinant peu à peu sous leurs pas.

Le chemin de terre battue menant au village était exactement comme Adrien l'avait laissé quelques jours plus tôt, mais en franchissant les premières maisons, il sentit un changement subtil.

Les regards qui se posaient sur lui n'étaient pas ceux de d'habitude.

Les villageois le connaissaient bien, Adrien le menuisier, celui qui avait toujours été seul, plongé dans son travail.

Aujourd'hui, il revenait accompagné.

Elvira marchait à ses côtés, sa présence discrète mais imposante, attirant l'attention de tous.

Le silence s'installa rapidement, interrompu seulement par le grincement d'une charrette que le forgeron arrêta net en les voyant approcher.

Une voix s'éleva parmi la foule qui commençait à se rassembler.

« Adrien ? Mais qui est cette femme ? »

Les murmures se propagèrent comme une traînée de poudre.

« Il est parti seul, non ? »

« Depuis quand a-t-il une compagne ? »

« Où est-il allé ces derniers jours ? »

Le maire du village, un homme à la carrure imposante et au visage marqué par le temps, s'avança prudemment.

Il observa Elvira avec une méfiance contenue avant de poser son regard sur Adrien. « Nous nous sommes inquiétés, Adrien. Tu es parti sans prévenir et voilà que tu reviens avec quelqu'un. »

Adrien passa une main nerveuse dans ses cheveux, cherchant ses mots.

« Je sais, je suis désolé pour mon absence. Je suis parti quelques jours pour… prendre du recul. » Il jeta un regard tendre à Elvira avant d'ajouter.

« Et c'est sur mon chemin que j'ai rencontré Elvira. »

Le maire, les bras croisés, haussa un sourcil.

Elvira s'avança d'un pas, affrontant les regards curieux et méfiants avec calme.

« Je comprends votre surprise, » dit-elle avec douceur.

« Je ne viens pas d'ici, et je sais que je suis une étrangère à vos yeux. Mais j'ai rencontré Adrien dans un moment où nous avions tous les deux, besoin de réponses. »

« Nous avons voyagé ensemble, et aujourd'hui, nous sommes revenus pour vivre cette vie. »

Ils partirent vers la maison d'Adrien laissant les villageois chuchoter sur les raisons de son absence et sur la présence de cette femme.

En entrant dans la maison d'Adrien, Elvira pénétra lentement, son regard se posant sur chaque détail.

Il y avait une grande table au centre de la pièce principale, fabriquée en chêne massif, aux rebords délicatement sculptés de motifs de feuilles et de racines entrelacées.

Des étagères en bois garnissaient les murs, remplies de livres aux couvertures usées et de petites sculptures de bois représentant des animaux et des scènes de vie quotidienne.

Près de la fenêtre, un fauteuil recouvert de tissu brodé faisait face à un petit bureau où des croquis et des outils étaient soigneusement alignés.

Elvira effleura du regard chaque élément, ressentant la présence d'Adrien dans chaque recoin.

« Tout ici respire ton talent, » souffla-t-elle, impressionnée par l'harmonie qui se dégageait du lieu.

Adrien referma doucement la porte derrière eux.

« Je voulais que cet endroit soit un refuge. Un lieu où le bois parle, où l'on peut entendre son histoire. »

Il l'observa tandis qu'elle s'avançait vers l'atelier adjacent.

C'était un espace plus sombre, empli de l'odeur persistante de sciure et d'huiles naturelles.

Des outils soigneusement disposés sur un établi massif semblaient attendre son retour.

Elvira s'attarda devant un chevalet sur lequel reposait un projet inachevé, une fine sculpture représentant un arbre aux branches entrelacées.

« Tu étais en train de créer quelque chose avant de partir, » remarqua-t-elle en caressant le bois du bout des doigts.

Adrien hocha la tête.

« Oui mais je crois que certaines choses doivent attendre leur moment pour être terminées. »

Il s'éloigna légèrement et revint avec un objet qu'il portait avec une précaution presque solennelle.

C'était le coffre, celui qu'il n'avait jamais pu vendre ni céder, celui qui semblait fait pour un destin inconnu.

Fabriqué en bois de cèdre, il était orné de motifs complexes de spirales et de symboles anciens qui se fondaient dans le grain naturel du bois.

Une douce lueur semblait émaner de ses courbes finement travaillées.

Elvira le regarda avec fascination.

« C'est magnifique Qui est censé le posséder ? »

Adrien resta silencieux un instant, caressant le couvercle du coffre.

« Je ne le savais pas. Jusqu'à aujourd'hui. » Il leva ses yeux gris vers elle.

« Je l'ai fait sans vraiment comprendre pourquoi. Il m'est apparu dans mes rêves, dans ces images que je porte en moi depuis des années. »

« Mais maintenant, je sais qu'il t'appartient. »

Le lendemain de leur retour, alors qu'Adrien et Elvira se promenaient près de la lisière du village, Adrien sentit un léger pincement au cœur en apercevant une petite cabane nichée au creux des arbres.

C'était la demeure de l'herboriste, qu'il avait rencontrée avant son départ, celle qui l'avait mis en garde contre ses propres incertitudes.

Elvira sentit son hésitation et lui pressa doucement la main.

« Tu veux aller la voir ? »

Il hocha la tête lentement.

« Elle a toujours eu une manière de comprendre les choses, peut-être qu'elle comprendra pourquoi je suis revenu. »

Ils s'approchèrent de la cabane, entourée de buissons d'herbes médicinales et de fleurs séchées suspendues sous l'auvent en bois.

L'air était empli d'un parfum de thym et de lavande, familier et réconfortant.

Avant qu'Adrien ne puisse frapper à la porte, celle-ci s'ouvrit lentement, révélant l'herboriste.

La femme d'un âge indéfinissable, au regard perçant mais bienveillant. Son visage marqué par le temps s'éclaira d'un sourire tranquille en voyant Adrien.

« Je me doutais bien que tu reviendrais un jour, garçon, » dit-elle d'une voix calme, où perçait une pointe d'amusement.

Son regard se porta sur Elvira, et ses yeux s'adoucirent encore davantage.

« Et tu n'es pas revenu seul, à ce que je vois. »

Adrien sourit timidement, baissant les yeux comme un enfant pris en faute.

« Oui, je suis revenu. »

L'herboriste hocha la tête en silence, l'invitant d'un geste de la main à entrer dans la cabane.

À l'intérieur, l'air était chaud et parfumé, empli d'odeurs d'infusions et de plantes suspendues aux poutres du plafond.

Elvira observa les lieux avec curiosité, touchée par la simplicité rustique du décor.

L'herboriste les invita à s'asseoir autour d'une petite table de bois, puis versa une décoction fumant dans trois tasses ébréchées.

Elle fixa Adrien avec un regard empli de sagesse.

« Alors, raconte-moi, garçon. As-tu trouvé ce que tu cherchais ? »

Adrien échangea un regard avec Elvira avant de répondre, sa voix plus assurée qu'il ne l'aurait cru.

« Oui, je pensais que je devais fuir pour comprendre qui j'étais, mais ce que j'ai trouvé, c'est que je n'avais jamais eu besoin de partir aussi loin. »

L'herboriste sourit en coin, hochant la tête lentement.

« C'est souvent ainsi. On cherche ailleurs ce qui était là depuis le début. »

Elvira prit doucement la parole, son regard sincère.

« Il a trouvé bien plus que cela. »

« Nous avons traversé des choses que nous ne pouvons pas expliquer, mais finalement nous avons choisi de revenir ici. Parce qu'ici, c'est là où nous devons être. »

L'herboriste l'observa un instant, puis posa une main ridée sur celle d'Elvira.

« Et toi, ma chère, es-tu certaine d'avoir trouvé ta place parmi nous ? »

Elvira sourit, une lueur de certitude dans les yeux.

« Ce n'est pas facile, mais je suis prête. Et surtout nous sommes ensemble »

Un silence apaisant s'installa dans la pièce, seulement troublé par le crépitement du feu dans l'âtre. L'herboriste regarda Adrien avec une douceur presque maternelle.

« Je suis fière de toi, Adrien. Tu as fait ce que peu de gens ont le courage de faire, regarder en toi-même, affronter tes peurs et revenir. »

Adrien hocha la tête, une vague d'émotion montant en lui.

« Je pense que j'avais peur de ne pas être assez fort, peur de ne pas mériter quelque chose de beau. Mais maintenant, je sais que je n'ai plus besoin de courir. »

L'herboriste eut un petit rire, amusée.

« Les hommes ont toujours cette fâcheuse manie de croire qu'ils doivent tout régler seuls. Mais tu as appris, et tu n'es plus seul. » Elle lança un regard à Elvira.

« Elle a l'air d'avoir les pieds sur terre, celle-là. »

Elvira éclata de rire, et Adrien sourit, reconnaissant.

L'herboriste se leva et alla chercher un petit sachet d'herbes qu'elle tendit à Elvira.

« Un mélange pour t'aider à te sentir plus chez toi. Infuse-le chaque matin, ça apaise les cœurs fatigués et les esprits en quête d'un foyer. »

Elvira accepta le sachet avec gratitude. « Merci… »

L'herboriste se tourna une dernière fois vers Adrien, lui posant une main sur l'épaule. « Tu es de retour là où tu dois être, mon garçon. Prends soin d'elle, et prends soin de toi. »

Adrien se leva, les épaules plus légères qu'à leur arrivée.

« Merci pour tout. »

L'herboriste sourit mystérieusement.

« Oh, je le savais bien. Mais il fallait que tu le découvres par toi-même. »

En quittant la cabane, Adrien et Elvira marchèrent lentement sur le chemin du retour, le cœur empli d'une sérénité nouvelle.

La forêt s'ouvrait devant eux, et derrière eux, le village les attendait, prêt à les accepter, à les accueillir pour de bon.

Elvira lui prit la main. « Tu crois qu'elle a raison ? »

Adrien lui sourit tendrement. « Oui. On est là où on doit être . »

Et pour la première fois depuis longtemps, Adrien se sentit vraiment chez lui.

Ils retournèrent à son atelier poussa la porte grinçante de son atelier de menuiserie. L'odeur familière du bois fraîchement coupé le submergea instantanément.

La lumière filtrait à travers les planches des fenêtres, illuminant les outils soigneusement rangés sur l'établi.

Il passa la main sur le bois lisse de la poutre qu'il avait laissée inachevée avant son départ.

Elvira le regarda en silence, respectant ce moment de retrouvailles entre lui et son métier.

Il sourit doucement. « C'est ici que je me sens chez moi. »

Elvira s'approcha, traçant du bout des doigts les rainures du bois.

« C'est beau. Chaque pièce semble raconter une histoire. »

Adrien hocha la tête.

« Chaque meuble est fait pour durer, pour traverser le temps. »

Elle le regarda, son sourire tendre.

« Un peu comme nous, non ? »

Les jours suivants furent une épreuve d'adaptation.

Les villageois continuaient d'observer Elvira avec curiosité, certains avec bienveillance, d'autres avec prudence.

Mais elle ne se laissa pas décourager.

Chaque matin, elle accompagnait Adrien à l'atelier, l'aidant à poncer le bois, à organiser les commandes, et même à livrer des meubles aux clients.

Les premiers à l'accepter furent les enfants, fascinés par sa patience et son sourire chaleureux.

Bientôt, les femmes du marché commencèrent à l'inviter à partager quelques conversations et conseils, bien que certaines restaient méfiantes.

Un soir, alors qu'ils s'asseyaient sur le banc devant leur maison, Adrien contempla les étoiles, sa main dans celle d'Elvira.

« J'ai toujours pensé que je finirais seul ici. »

Elle posa sa tête sur son épaule.

« Moi aussi, je pensais que j'étais destinée à errer sans jamais m'arrêter. Mais je crois qu'on a trouvé quelque chose d'important ici. »

Adrien hocha la tête, serrant doucement sa main.

« Une vie simple, mais une vie vraie. »

Elvira sourit. « Oui. Et je ne veux rien de plus. »

Les rires des villageois résonnaient au loin, les lumières vacillantes des maisons projetaient des ombres douces sur le sol.

Ils avaient choisi l'amour, dans toute sa simplicité et sa vulnérabilité, et c'était la plus belle décision qu'ils auraient pu prendre.

Les soirs étaient remplis de conversations tranquilles, de regards échangés en silence, de moments passés à observer les étoiles, en se rappelant qu'ils avaient failli devenir quelque chose d'autre, mais qu'ils avaient choisi cela, une existence simple, une vie humaine.

Un jour, alors qu'ils se promenaient près du ruisseau, Elvira murmura, pensive,

« Penses-tu parfois à ce que nous aurions été, si nous avions choisi de transcender ? »

Adrien sourit doucement, caressant sa joue du bout des doigts.

« Parfois. Mais je préfère penser à ce que nous sommes maintenant. Ce que nous avons ici, c'est unique. Chaque battement de cœur compte. »

Elvira posa sa tête contre son épaule, contemplant l'eau scintillante du ruisseau.

« Oui. Nous avons fait le bon choix. Nous vivrons cette vie pleinement. »

Et ils restèrent ainsi, savourant le moment, sachant que même si leur temps était limité, il était précieux.

Ils avaient choisi l'amour dans sa forme la plus fragile, mais aussi la plus belle.

Chaque journée était un cadeau, chaque nuit une promesse.

Elvira passait ses journées à cultiver un jardin luxuriant, tandis qu'Adrien sculptait le bois, créant des œuvres inspirées par leurs souvenirs passés.

Mais malgré le bonheur qu'ils partageaient, la conscience du temps qui passe ne les quittait jamais.

Ils savaient que la vie humaine était éphémère, et parfois, en silence, Elvira observait les rides qui apparaissaient lentement au coin des yeux d'Adrien, tandis qu'il caressait tendrement les fils d'argent qui parsemaient ses cheveux.

Chaque ride, chaque instant partagé, était une preuve de leur choix.

« Nous ne pouvons pas arrêter le temps, » Disait souvent Adrien.

Elvira souriait, posant, comme toujours durant des années, sa tête contre son épaule.

« Non… mais nous pouvons l'aimer, chaque seconde. »

Table des matieres

Chapitre 1 : Les Rêves d'Adrien 5

Chapitre 2 : L'Appel de la Forêt 27

Chapitre 3 : Le Temple et la Vision 37

Chapitre 4 : L'Apparition du Veilleur 47

Chapitre 5 : Les Ombres du Passé 57

Chapitre 6 : L'Épreuve de l'Ombre 87

Chapitre 7 : La Transcendance 99